EUROPAVERLAG

UN-SU KIM

Aus dem Koreanischen übersetzt von
Kyong-Hae Flügel

EUROPAVERLAG

Die koreanische Originalausgabe ist unter dem Titel JAB (잽)
bei Munhakdongne Publishing Corporation erschienen.

Der Druck dieses Buches wurde durch die finanzielle Unterstützung
des Literature Translation Institute of Korea ermöglicht.

© 2013 Un-su Kim
Published by agreement with Barbara J. Zitwer Agency, New York
© 2022 der deutschsprachigen Ausgabe Europa Verlag
in der Europa Verlage GmbH München
Umschlaggestaltung und Motiv:
Hauptmann & Kompanie Werbeagentur, Zürich
Übersetzung: Kyong-Hae Flügel
Redaktion: Franz Leipold
Layout & Satz: BuchHaus Robert Gigler
Gesetzt aus der Minion Pro
Druck und Bindung: Pustet, Regensburg
ISBN 978-3-95890-246-6
Alle Rechte vorbehalten.
www.europa-verlag.com

INHALT

JAB 6

Eingesperrt im Tresorraum 31

Dan Valjean Street 59

Wir lassen Blumen trocknen,
weil wir belanglos geworden sind 84

Die wirklich effektive Schreibwerkstatt 106

Das Sofa 136

Das verdammte Albumin 156

Die Flussmündung 181

JAB

Ich habe einen alten Boxsack. Er ist etwa 1,20 Meter groß und eigentlich an der Zimmerdecke zu befestigen. Als ich ihn kaufte, gab es solche hochwertigen Modelle aus echtem Büffelleder nur in Boxstudios. Bis heute hängt er vor unserem Haus am Kakibaum und ist seit Jahren der Witterung ausgeliefert. Nun sieht er aus, als würde er bei der kleinsten Berührung seine Füllung aus Sägespänen und Sand ausspucken. Seit dem Schulabschluss habe ich aber kein einziges Mal auf ihn eingeschlagen. Warum eigentlich nicht? Im Vorbeigehen hätte ich ihn wenigstens spaßeshalber einmal anstoßen können.

Bei meiner heutigen dürren Gestalt würde es mir niemand glauben, aber ich habe früher geboxt. Vom zweiten Halbjahr der zehnten Klasse bis zum Ende der zwölften. Ich war zwar kein Profi, aber man konnte es auch nicht nur als einfaches Hobby oder Konditionstraining abtun. Édouard Manet soll über Fünfzehnjährige gesagt haben, es ist das Alter, in dem man »die Welt mit Dynamit in die Luft jagen möchte«. Genauso fühlte ich mich damals. Ich war ständig aggressiv, aber die Gründe für meine Wut waren meistens so absurd, dass ich sie selbst nicht verstehen konnte.

Nichts an der Schule gefiel mir, am wenigsten die Bronzestatue vor dem Schultor, auf deren Marmorsockel in großen Buchstaben die Aufschrift »Jungs, seid ambitioniert!« stand. Wäre mir damals zufällig so etwas wie Dynamit in die Hände gefallen, hätte ich sie sofort gesprengt. Mit ihren 2,40 Metern Höhe überragte sie jeden gewöhnlichen Menschen. Ihr Gesicht sollte angeblich dem des Schulgründers nahekommen, der alles hier allein aufgebaut hatte. Die entschiedene Haltung glich jedoch der von Generalfeldmarschall Erwin Rommel, wie er aus seinem Panzerturm mit ausgestrecktem Arm den letzten Sturmangriff befohlen hatte. Die Gesichtszüge waren allerdings zu faltig und ähnelten daher eher einer Grimasse. Mutmaßlich lag es am Anspruch des Künstlers, das Gesicht des Gründers möglichst realistisch zu gestalten, oder vielleicht war beim Gießen der Bronze ein Fehler passiert. Jedenfalls war der Ausdruck weit davon entfernt, irgendeine Art von Ambition zu wecken. Vielmehr schien sich die Statue verärgert zu fragen: »Warum muss ich hier vor einer Schule diesen Dummköpfen Ehrgeiz eintrichtern, statt in einer Rodin-Gallery zu glänzen?«

Es wäre tatsächlich für alle – einschließlich der Statue – viel besser gewesen, wenn sie an einem solchen Ort gestanden hätte.

Jedes Mal, wenn ich an ihr vorbeiging, schüchterte sie mich ein. Es gab die unsinnige Schulregel, dass man morgens an der Statue stehen bleiben und für ein paar Sekunden mit geschlossenen Augen über seine Ambitionen nachdenken sollte. Daneben wachte ein Lehrer mit einem Rohrstock. Die Jungen schlossen ihre Augen wie alte Elefanten kurz vorm Sterben und taten so, als ob ihr Herz vor versticktem Eifer brennen würde. Es spielte keine Rolle, ob es realistisch war oder nicht. Rückblickend muss es ein seltsamer Anblick gewesen sein, wie 2000 Schüler jeden Morgen vor dem Rohrstock des Lehrers für drei Sekunden die Augen schlossen.

Unglücklicherweise hatte ich zu jener Zeit keinerlei Ambitionen. Deshalb fragte ich mich jedes Mal, wenn ich vor der Statue meine Augen geschlossen halten musste, ob in meinem Leben irgendwas falsch gelaufen war. Die anderen Jungen hatten den Ehrgeiz, Arzt oder Rechtsanwalt zu werden oder an einer bestimmten Universität zu studieren. Mir jedoch war völlig unklar, wie so etwas wie Arzt oder Anwalt überhaupt Ziel eines Jungen sein konnte.

Ein einziges Mal stellte ich einem Klassenkameraden die Frage: »Und, was für Ambitionen hast du?« Er war sonst ein stiller Typ, man fragte sich, ob er vergessen hatte, wie man spricht. Noch dazu war er Einzelgänger. Also nahm ich an, dass wir in der gleichen Situation waren. Aber er antwortete entschlossen, ohne nur eine Sekunde zu zögern: »Ich will Arzt werden!« Dabei machte er ein Gesicht, als wäre es für einen Jungen absolut selbstverständlich, so einen Ehrgeiz zu entwickeln. Als er meinen verwirrten Ausdruck sah, dachte er wohl, dass ich ihn nicht verstanden hatte. Also fügte er hinzu: »Ein Arzt eben, der Patienten heilt. Kennst du keine Ärzte?«

Ich aber fragte zurück: »Arzt ist doch ein Beruf. Eine Ambition und ein Beruf sind doch zwei unterschiedliche Sachen, oder?«

Er legte seinen Kopf etwas zur Seite, als hätte ich etwas

Seltsames gesagt, und murrte dann: »Das ist doch dasselbe. Wo ist das Problem? Auf jeden Fall ist es besser, Arzt zu werden als Straßenkehrer, oder?«

In diesem Moment hatte ich das Gefühl, dass er recht haben könnte. Aber er hatte ja nicht einmal gesagt, was er als Arzt erreichen wollte. Ich konnte wirklich nicht nachvollziehen, warum Arzt »auf jeden Fall« besser sein sollte als Straßenkehrer.

Es geschah an einem Samstag im September. Während des Unterrichts blickte ich aus dem Fenster über den Schulhof, auf dem der Wind die herbstlichen Ginkgoblätter in einem wunderschönen Wirbel gen Himmel fliegen ließ. Sie drehten und drehten sich in einer Spirale immer weiter nach oben, noch viel höher als der Fahnenmast mit der Nationalflagge. Es war ein atemberaubender Anblick, der an sich schnell drehende Kreisel und an die Eiskristalle im Saturnring erinnerte. Bis dahin hatte ich noch nie die Gestalt des Windes gesehen. Für mich war der Wind körperlos, so wie Sauer- oder Stickstoff, vielleicht auch Liebe oder Zorn. Doch an diesem Tag zeigte sich der Wind vor meinen Augen wie mit Muskeln und Sehnen. Und er war wunderschön. Mir entfuhr ein bewunderndes »Oh!«.

In dem Moment unterbrach der Ethik-Lehrer an der Tafel seinen Text und drehte sich um. Man nannte ihn »Silicagel« wegen seines skelettartig abgemagerten Gesichts und der trockenen Haut. »Wer hat gerade dieses Geräusch gemacht?« Silicagel warf den Schülern seinen typischen ungeduldigen Blick zu. Schließlich hob ich meine Hand, und er zitierte mich mit einer kleinen Fingerbewegung zum Lehrerpult.

»Was hast du gerade gemacht?« Seine Stimme war kalt und trocken. Ich nahm an, dass so ein wundervoller, schöner Anblick im Leben eines Jungen nicht so oft passierte und dass der Lehrer mich verstehen würde. Also antwortete ich ehrlich: »Ich habe mir gerade den wunderschönen Wirbelwind draußen angesehen.« Silicagel starrte mich entgeistert an. »Was? Was hast du dir angesehen?« Ich sagte, betont deutlich: »Ich habe beobachtet, wie der Wind die Ginkgoblätter hochgewirbelt hat und sie noch über den Fahnenmast steigen ließ. Es war ein sehr schöner Wind.« Die Schüler brachen in Gelächter aus und trommelten sogar auf ihre Bänke, wahrscheinlich fanden sie meine Gedanken bizarr. Einen Moment lang starrte mich Silicagel ungläubig an und fragte: »Ist der … übergeschnappt?« Dann legte er seine Armbanduhr auf dem Pult ab und begann, mir Ohrfeigen zu geben. Erste! Zweite! Dritte! Vierte! Ich bekam zahlreiche Schellen und stolperte dabei vom Pult bis zur Klassenzimmertür zurück. Was mir wehtat, war aber nicht meine Wange. Vielmehr machte es mich traurig, dass dieses besondere Erlebnis, das mich so tief berührt hatte, nun vom Lehrer vor meinen Klassenkameraden ins Lächerliche gezogen wurde. Inzwischen stand ich mit dem Rücken an der Tür und wurde noch immer geschlagen. Plötzlich stieg aus meinem tiefsten Inneren etwas Trübes und Trauriges auf. Ich schubste Silicagel weg, begann mir die Haare zu raufen und wie ein Irrer zu schreien.

»Uaa! Uaa! Uaa!«

Voller Schreck machte Silicagel ein paar Schritte zurück und blieb schockiert stehen. Auch meine Klassenkameraden starrten mich stumm an. Ich hatte das Gefühl, die Welt würde in diesem Moment stillstehen.

Nachdem alle gegangen waren, saß ich den ganzen Nachmittag allein im leeren Klassenzimmer – mit dem Auftrag, mein Verhalten kritisch zu reflektieren und einen Aufsatz darüber zu schreiben. Was sollte ich denn kritisch reflektieren? Ich dachte lange nach und kam zu keinem Ergebnis. Daher ließ ich das weiße Blatt auf dem Tisch liegen, legte meine Ellenbogen auf das Fensterbrett und beobachtete, wie sich der Schatten der Torpfosten in der nachmittäglichen Sonne in die Länge zog. Allein im Klassenzimmer zurückgeblieben und den Schulhof betrachtend, war mir ziemlich merkwürdig und einsam zumute. Gegen 15.00 Uhr öffnete mein Klassenlehrer die Tür, sah mich kurz an und sagte, ich solle ihm ins Lehrerzimmer folgen.

»Also, du hast nichts zu schreiben, weil du dir nichts vorzuwerfen hast, richtig?«, fragte er dort und wedelte dabei mit dem weißen Blatt vor meinem Gesicht herum.

Ich saß einfach still da. Vielleicht wollten die Lehrer gemeinsam essen gehen, jedenfalls rief jemand aus einer Ecke: »Herr Kim, Herr Lee, lassen Sie uns jetzt gehen.«

Mein Klassenlehrer sah mich scharf an und sagte: »Du widersetzt dich also deinem Lehrer. Dich müsste man mal richtig in die Schranken weisen.«

»Bedrängen Sie ihn nicht«, warf Silicagel ein, »so ein Verhalten ist in diesem Alter normal.« Mit einem Grinsen blickte er auf mein weißes Blatt.

Da stand mein Klassenlehrer auf und entschuldigte sich bei ihm noch einmal höflich und sagte, dass alles seine Schuld sei.

»O nein! Das ist nicht nötig«, erwiderte Silicagel.

»Doch, so einer muss mal richtig eins auf den Deckel bekommen. Du, du putzt heute den Tenniscourt und die Toiletten nebenan. Lass das vom Pförtner kontrollieren, bevor du gehst. Und wenn du keinen Aufsatz über dein Fehlverhalten schreiben willst, dann machst du das ab jetzt jeden Samstag. Mal sehen, wie lange du es durchhältst.«

Silicagel nickte zufrieden, er hielt die Strafe wohl für angemessen. Dann strich er mir wie ein zärtlicher Vater im Film über die Haare und fragte mit leisem Spott: »Und, war er wirklich so schön, dieser Wirbelwind?«

Nachdem ich den Tennisplatz und die Toilette gereinigt hatte, nahm ich für den Heimweg nicht den Bus wie sonst, sondern ging zu Fuß, was ich zuvor nie getan hatte. Morgens nahm mich mein Onkel mit dem Kühllastwagen zur Schule mit, und nachmittags fuhr ich mit dem Bus nach Hause. An dem Tag aber hatte ich den Wunsch, zu Fuß zu gehen. Die Strecke war gar nicht mal so kurz, man brauchte mit dem Bus ungefähr eine halbe Stunde. Es machte mir aber nichts aus. Ich fühlte mich irgendwie so, als würde ich lieber in die entgegengesetzte Richtung die Erde umrunden, wenn ich nur könnte.

Ich war fast eine Stunde unterwegs, als ich auf ein Werbeplakat für ein Boxstudio stieß. Es klebte etwas schief an einem Strommast und zeigte eine Szene aus Rocky, wie sich Apollo und Rocky gegenseitig ins Gesicht schlagen. Am unteren Rand des Plakats stand fett: »Wir suchen nur Leute, die Berufsboxer werden wollen.« Die Handschrift sah aus, als hätte es ein Kind gekritzelt. Ich kann es mir bis heute nicht erklären, aber das zerquetschte Gesicht mit den weit vorstehenden Wangenknochen, das gerade einen Faustschlag abbekam, sprach mich besonders an. Es hinterließ den Eindruck, dass der Mann auf dem Plakat niemanden schlagen wollte. Er schien darüber verbittert, dass er keine andere Wahl hatte, als seine Faust einzusetzen, weil der andere Mann es auch tat. Ich stand länger als eine halbe Stunde davor. Schließlich notierte ich die Adresse des Studios und ging auf direktem Wege hin.

Vor dem Studio zögerte ich eine ganze Weile, nicht, weil ich fürchtete, hier nur wilde und muskulöse Männer zu treffen. Vielmehr zweifelte ich daran, ob das Studio im alten japanischen Stil überhaupt noch in Betrieb war. Es erschien ziemlich heruntergekommen. Als ich näher heranging, hörte ich jedoch ein regelmäßiges Schlagen, tack-tack, auf den Holzboden, als würde jemand seilspringen. Ob der Mann mit den hervorstehenden Wangenknochen noch immer dort trainierte? Vorsichtig öffnete ich die Tür und ging hinein.

Alles in diesem Studio war abgenutzt und alt. Im Gegenlicht sah ich den Staub über dem Dielenfußboden schweben. Eigentlich wollte ich still eintreten und gleich wieder hinausschleichen, sollte es mir nicht gefallen. Doch die Tür knarrte laut. Ein Mann, der gerade am Boxsack trainierte, und ein zweiter, der den Sack festhielt, warfen mir einen flüchtigen Blick zu. Der Mann, der den Boxsack hielt, klatschte im nächsten Moment mit der Handfläche darauf und forderte den Boxer auf, die Übung fortzusetzen, was dieser sofort tat. Hinter dem Boxring sprang ein weiterer Mann seil, ohne mich wahrzunehmen. Zaghaft und unschlüssig stand ich sicher länger als fünf Minuten am Eingang. Ich hatte keinen freundlichen Empfang erwartet, wie es im Kaufhaus von strahlenden Verkäuferinnen üblich ist, die jeden mit einem »Herzlich willkommen« begrüßen. Aber das Desinteresse hier war zu deutlich. Ich erkannte, dass keiner auf mich zukommen würde, um nach meinem Anliegen zu fragen. Also ging ich zu dem Mann, der seilsprang, und fragte, an wen ich mich wenden könne, wenn ich gern Boxen lernen wolle. Der Mann unterbrach kurz sein Training und zeigte mit einem Finger auf ein kleines Büro, das auf dem Weg zur Toilette lag.

Der Studioleiter war vielleicht Ende 40. Mit seinen tiefen Stirnfalten und der gebräunten Haut strahlte er die typische Sturheit eines Menschen aus, der es im Leben nicht leicht hatte. Er war gerade dabei, in einen Kurzstreckenschuh neue Spikes einzusetzen. Ich fragte mich, was diese Schuhe in einem Boxstudio zu suchen hatten. Sie waren so alt, dass die glänzenden Spikes einen starken Kontrast bildeten. Ich klopfte an die offen stehende Tür. »Entschuldigung, ich habe eine Frage.« Der Studioleiter warf einen flüchtigen Blick auf mich, dann wandte er sich gleich wieder seinen Spikes zu.

»Du willst doch nicht etwa Boxen lernen, oder?«, fragte er, ohne seinen Blick von den Spikes abzuwenden. Er drehte den Dorn weiter in die Sohle ein.

Was sollte denn »etwa« heißen? Sofort war ich entmutigt.

»Meinen Sie, ich bin hier, um Tanzen zu lernen?«, fragte ich in der Hoffnung, dass er darüber etwas lächeln würde. Das tat er aber nicht. Stattdessen runzelte er die Stirn und sah mich an. Mit einem Gesichtsausdruck, der zeigte, wie lästig ich ihm war, stand er auf und packte meine Schultern und Arme.

»Wozu willst du Boxen lernen?«

»Einfach so möchte ich Boxen lernen.«

»Einfach so … möchte man … Boxen … lernen.«

Er wiederholte meine Worte langsam und mit Pausen. Vielleicht wollte er meine wahren Absichten herausfinden, oder meine Worte klangen für ihn lächerlich.

»Wie alt bist du?«

»Sechzehn.«

»Du bist als Profi untauglich. Das Kinn ist zu spitz, der Hals zu lang und dünn. Mit einem Counterpunch an so einem Kinn gehst du im Nu k. o. Außerdem sind deine Arme zu kurz.«

»Ich habe nicht vor, Profi zu werden.«

»Wenn es darum geht, dich mental oder körperlich abzuhärten, geh lieber zu einem Taekwondo-Studio! Hier ist für Diät oder Hobbys kein Platz.«

»Warum darf man Boxen nicht als Hobby erlernen?«

»Mit Amateurboxen kannst du nichts erreichen. Wenn du so in den Ring steigst, wirst du nur noch frikassiert.«

Irgendwie gefiel mir der Ausdruck »nur noch frikassiert« sehr. Und auch dieser ruppige Typ, der die Dinge einfach so aussprach, wie sie ihm in den Kopf kamen. Wie kann ich das erklären? Er unterschied sich dadurch irgendwie von den Erwachsenen, die mit »Seid ambitioniert« die Jungen täuschen wollten, frei nach der Devise, der Traum wird schon in Erfüllung gehen, wenn man nur Ambitionen hat. Plötzlich hatte ich Vertrauen zu diesem zynischen Mann. Ich beschloss, unbedingt hier im Studio Boxen zu lernen.

»Ehrlich gesagt, gibt es da jemanden, den ich gern vermöbeln möchte. Ich glaube aber, dass ich in diesem Zustand keine Chance habe.«

Nach diesen Worten hob er seinen Kopf und sah mir ins Gesicht. Er betrachtete sorgfältig meine Wangen, die wegen der Ohrfeigen geschwollen waren. Dann grinste er.

»Ist der Kerl so stark?«

»Wahrscheinlich.«

»Was macht er denn so?«

»Sein Vater hat mal im Judo Bronze bei der Olympiade geholt.«

»Meinst du den, der da vorne an der Kreuzung ein Judo-Studio betreibt?«

»Ja.«

»Nur weil der Vater Chefkoch in einem italienischen Restaurant ist, heißt das noch lange nicht, dass der Sohn auch gute Pasta kochen kann, oder?«

»Trotzdem ist er sicherlich besser als der Sohn eines Beamten, der in der Umweltabteilung im Bezirksamt arbeitet. Der Kerl wiegt schon mehr als hundert Kilo.«

»Wie viel wiegst du?«

»62 Kilo.«

Der Studioleiter fasste den Schraubendreher umgekehrt an und klopfte mit dem Schaft auf die Handfläche.

»100 zu 62. Hm. Das bedeutet doch, dass du es zumindest nicht nur als Hobby lernen willst.«

»Keinesfalls.«

»Dann komm so lange her, bis du so weit bist, ihn zu verprügeln.«

Ich konnte mir selbst nicht erklären, warum mir der Kerl aus dem Judoverein in den Sinn gekommen war. Mit seinem massigen Körper führte er sich schon albern und abstoßend auf, indem er sich zusammen mit den Jungs, die im Studio seines Vaters trainierten, ständig wichtigtat. Trotzdem hatte ich mit ihm keine direkte negative Erfahrung. Und selbst wenn ich sie gehabt hätte, ich würde mich niemals mit diesem Herkules anlegen.

Wie auch immer, es war ihm zu verdanken, dass ich am nächsten Tag mit dem Training beginnen durfte. Ich kaufte mir Hallenschuhe, Sporthosen und ein paar T-Shirts. Obwohl das Studio Sprungseile zur Verfügung stellte, besorgte ich mir extra eines in meiner Größe. Nach der Schule joggte ich täglich acht Kilometer und übte eine halbe Stunde Seilspringen. Wie im Ring machte ich das für drei Minuten, dann eine Minute Pause, so wiederholte ich das Ganze. Anschließend übte ich die Schritte nach aufgemalten Schrittfolgen. In der Grundstellung, also mit dem Kinn nahe zur Brust, die Ellenbogen eng am Körper und die Hände hoch vor dem Gesicht, wiederholte ich das Abtauchen, In-die-Knie-Gehen, Schritte vorwärts und rückwärts, dann wieder das Aufrichten, kurz: wie man den Schlägen des Gegners ausweicht. Dabei beobachtete ich mich im Spiegel und dachte, dass ich lächerlich aussehe wie eine kriechende Raupe. Das alles übte ich zwei Monate lang. Der Chef hatte mir nur diese eine Stellung beigebracht und kein Wort darüber verloren, wie man die Faust ausstreckt. Der Grund dafür war ganz einfach. Man sollte von Anfang an eine stabile Grundlage schaffen, ansonsten verfestigen sich Fehler, die man durch nichts wieder in Ordnung bringen kann. »Dummköpfe glauben, dass man beim Boxen die Fäuste einsetzt«, pflegte er zu sagen, »aber zu 90 Prozent kommt es auf die Fußarbeit an. Der Schlag ist bei diesen eleganten Schritten nur das Sahnehäubchen.« Seine

Worte überzeugten mich nicht so richtig, aber da er mir zunächst nichts anderes beibringen wollte, hatte ich keine Wahl. Während ich in einer Ecke des Studios wie eine Raupe immer wieder in die Knie ging und mich anschließend aufrichtete, schlugen die anderen Sportler die Maisbirne oder übten One-two-straight und Kombinationen vor dem Spiegel. Ab und zu warfen sie mir kurze Blicke zu, als würden sie mich niedlich finden. Lange Zeit sprach mich niemand im Studio an. Alle waren Profiboxer und mindestens drei oder vier Jahre älter als ich. Und ich war bloß eine Raupe. Es dauerte noch Wochen, bis mir einer beim Vorbeigehen den Tipp gab, dass ich mein Kinn noch mehr an die Brust ziehen sollte. Er war der Champion der Junior Light Liga. Ein anderes Mal bat mich der Coach, für einen Profi den Sandsack zu halten, weil zwei andere, die er trainierte, unterwegs auf einem Turnier waren. Abends ging ich mit den Leuten manchmal am Fluss joggen. Wenn ich nach dem Training mit ihnen unter der Dusche stand oder ihre frisch gewaschenen Handtücher aufhängte, fühlte ich mich ein wenig vertrauter mit ihnen.

Als ich meinen Beitrag für den dritten Monat zahlte, hatte mir der Chef immer noch nicht erklärt, wie man mit den Fäusten arbeitet. Also ging ich zu ihm ins Büro und stellte ihn zur Rede.

»Wie lange soll ich denn noch diese eine Stellung üben? Wenn ich meine Faust nicht einsetzen kann, werde ich den Typen vom Judoverein niemals besiegen.«

»Was soll's. Ich kenne mich halt nicht mit der Art des Boxens aus, das nur Judo-Typen fertigmachen kann«, antwortete er teilnahmslos und blätterte weiter ein Box-Magazin durch.

Ich aber hatte bereits zu Hause einen Sandsack am Kakibaum im Garten aufgehängt und schlug jeden Abend darauf ein. Auch wenn mir der Studioleiter nicht erklärte, wie man die Fäuste einsetzt, konnte doch jeder auf einen Sandsack schlagen. Was konnte Schlimmes passieren, das man später nicht wieder in Ordnung bringen könnte? Jede Nacht schlug ich darauf ein, wie mir danach war. Dabei hatte ich manchmal tatsächlich das Gefühl, den Kerl aus dem Judoverein abgrundtief zu hassen. Es wäre auch egal gewesen, welches Gesicht ich dabei vor Augen gehabt hätte, ob es der Judo-Typ, mein Klassenlehrer, Silicagel oder auch die »Jungs, seid ambitioniert!«-Statue war.

Es war ein Samstag und zugleich der Gründungstag der Schule, also schulfrei. Ich musste jedoch früh hin, um den Tennisplatz zu kehren. Es hatte wohl jemand draußen die Wäsche in der kalten Dezemberluft aufgehängt, jedenfalls roch es gut nach frischen Bettlaken. Ich fühlte mich irgendwie melancholisch an diesem Tag. Das war nicht ungewöhnlich, schließlich musste ich allein den ganzen Weg zur Schule hinter mich bringen, bloß um den Tennisplatz zu fegen, während alle anderen ausschlafen konnten. Seit dem Vorfall mit dem Wirbelwind waren drei Monate vergangen, und ich hatte noch immer keinen Aufsatz über mein Fehlverhalten geschrieben. Stattdessen putzte ich jeden Samstag den Tennisplatz und die Toilette nebenan. Der Court war eigentlich zu groß, um ihn allein zu pflegen, und das Klobecken voller Kippen, die die Schüler heimlich geraucht hatten. Das größere Problem war jedoch, im Klassenzimmer oder in der Bibliothek die Zeit totschlagen zu müssen, bis alle Lehrer ihr Training beendet hatten. Erst nachdem nur noch der Pförtner und ich da waren, konnte ich zum Platz hinunterschlendern, mit der Walze die Runden laufen und die Toiletten putzen.

Am Gründungstag war jedoch kein Lehrer da, nicht einmal der Pförtner. Nach getaner Arbeit hängte ich mich mit den Knien ans Reck. Aus dieser Kopfüber-Position betrachtete ich die »Jungs, seid ambitioniert!«-Statue. Dabei konfrontierte ich sie mit der Frage, wie man den Jungen Ambition abfordern konnte, wenn man sie so behandelte. Das war zu viel verlangt. Natürlich gab mir die kurz angebundene »Jungs, seid ambitioniert!«-Statue keine Antwort. Schließlich nahm ich meine Sporttasche und ging zum Studio.

Am Samstagmorgen war auch hier keiner da. Deshalb begann ich auf den Sandsack zu schlagen, der in der Mitte des Studios hing. Bis dahin hatte ich ihn nicht einmal berühren dürfen. Damals besaß ich auch keine speziellen Handschuhe zum Schutz der Fäuste. Nicht einmal eine Bandage hatte ich angelegt. Um ehrlich zu sein, hatte ich keine Ahnung, warum man so etwas überhaupt brauchte. Am Anfang stieß ich ihn nur sanft. Dann begann ich, immer wilder und härter zu schlagen. Schlägt man hundert oder tausend Mal auf einen Sandsack ein, entsteht ein Hass, von dem man selber nie geglaubt hätte, ihn in sich zu haben. Ein Hass auf die Ampel vor der Schule, die nie grün werden wollte, auf das dämliche Gesicht der »Jungs, seid ambitioniert!«-Statue oder auch auf diese bescheuerte Schule, in der man die Schüler zwang, Ehrgeiz zu haben, obwohl einem der Tafelwischer ins Gesicht flog, nur weil man kurz eingenickt war, oder man im Gang mit den Augen auf den Boden gerichtet eine Stunde lang als Strafe ausharren musste, nur weil man die unregelmäßige deutsche Konjugation nicht auswendig gelernt hatte. Auf die hässlichste Schuluniform aller Schulen im Umkreis und auf den ungenießbaren Salat der Schulspeisung, oder auch auf mein dummes Foto im Klassenbuch. Und auch auf die feige Rache von Silicagel, der mich in jeder Unterrichtsstunde zur Lachnummer machte, nur weil ich mich gewehrt hatte. Auf all das entwickelte ich allmählich, ganz langsam, ein Gefühl des Hasses. Ich schrie innerlich über das schäbige Verhalten dieses Menschen, der es geschafft hatte, Lehrer zu werden. Diese Emotionen wurden aus einer Ecke meines Herzens herausgequetscht, so wie ausgepresstes Obst aus einem Entsafter quillt, und es formte sich ein riesiger Wutball. Diese Welt war wirklich nicht in Ordnung. Ich keuchte, hatte das Gefühl, dass mein Herz gleich platzen würde, und schlug immer weiter zu. Ich hatte keine Ahnung, wie viel Zeit vergangen war. Jemand hielt von hinten meine Arme fest. Es war der Studioleiter.

»Hör auf. Du blutest.«

Tatsächlich lief Blut über meine Fäuste. Die Haut war abgeschürft. Der Leiter sagte mir, ich solle kurz warten, dann brachte er den Erste-Hilfe-Kasten aus dem Büro.

»Warum tust du das?«, fragte er, während er die Wunden desinfizierte.

»Keine Ahnung.«

»Hast du immer so eine Wut in dir?«

»Ja, ich bin immer wütend. Ich weiß aber auch nicht, warum.«

Er schmierte eine rote Flüssigkeit auf die Wunden, streute weißes Pulver darüber und verband sie sorgfältig. Während ich auf meine Verbände starrte, legte er Schere, Bandagen und Desinfektionsmittel wieder zurück in den Kasten, holte eine Zigarette aus seiner Brusttasche und steckte sie sich an.

»Hast du wirklich vor, dich mit dem Hundert-Kilo-Judo-Typen zu schlagen?«

Er suchte meinen Blick. Ich nickte.

»Wenn du so planlos drauflos prügelst, kannst du nicht einmal eine Maus fertigmachen, geschweige denn einen Judo-Typen. Das Einzige, was du mit deinen Fäusten verletzen wirst, sind deine eigenen Hände.«

Er legte seine Zigarette in einem Glasaschenbecher ab, nahm die Grundstellung ein und machte ein paar Schläge in die Luft. Sie waren schnell und wirkten elegant.

»Das nennt man Jab. Du machst die Schulter und die Faust locker und tack, tack, du schlägst nicht mit der Faust zu, sondern streckst den Arm aus, als ob du mal eben schnell Cocktailtomaten aus dem Kühlschrank holst. Tack, tack, deinen Schritten folgend, mechanisch wieder und wieder, tack, tack, du bewegst dich im Takt deiner Schritte, dein Körper bleibt immer im Rhythmus, tack, tack, das ärgert den Gegner und macht ihn nervös. Das wiederholst du so lange, bis die Wut im Gesicht des Gegners langsam zu erkennen ist, tack, tack, immer und immer wieder. Das zermürbt ihn, und jetzt ist er bereit, umzufallen. Ein Schlag mit der Vorderhand und zack! Es ist aus. Versuch's mal!«

Ich stand auf und stieß mit der Faust gerade heraus, wie er es mir gezeigt hatte. »Lass die Schultern locker. Nicht die Faust schwer fliegen lassen, sondern schnell die kleinen Tomaten picken«, hörte ich ihn rufen. Er griff seine Zigarette aus dem Aschenbecher, zog einmal daran und legte sie wieder hin. Dann nahm er erneut die Boxerhaltung ein und schlug noch mal Jabs. Tack, tack.

»Ob im Ring oder auf der Straße, du bist auf der Welt nie sicher. Deshalb ist der Jab wichtig. Tack, tack, mit deinen Jabs gewinnst du Raum, in dem du dich sicher fühlen kannst. Genau das ist der Beginn eines Kampfes. Die Leute sagen, im Kampf soll man rücksichtslos und brutal sein, als wäre blinde Aggression für den Kampf hilfreich. Tatsächlich ist Wut niemals vorteilhaft. Kämpfst du hitzköpfig, verletzt du dich am Ende nur selbst. Der wahre Kampfgeist ist kühl und still. Dein Gegner ist wütend, weil du mühelos in seinen Bereich eingedrungen bist, weil du seinen Stolz verletzt hast. Daher ist er nun sehr gereizt, du dagegen bewahrst einen kühlen Kopf, weil du lediglich eine Cocktailtomate aus dem Kühlschrank holst. Tack, tack, eine Tomate, tack, tack, zwei Tomaten, tack, tack, drei Tomaten. Du musst die Einstellung, einfach nur leichthändig Tomaten zu picken, immer im Kopf haben, selbst wenn das Gesicht des Gegners voller Blut ist. Ein Kampf ist gnadenlos. Was meinst du? Könntest du ein Mensch werden, der endlos Jabs schlagen kann?«

Er nahm seine Arme wieder locker an die Seite und holte Luft. Dann sah er mir direkt in die Augen.

»Was ist, wenn ich es nicht schaffe, so einer zu werden?«, wollte ich wissen.

»Es gibt auch eine gute Technik namens Holding. Du nimmst den Gegner einfach in die Arme und lässt ihn nicht mehr los, egal, ob du ihn magst oder nicht. Dann kann er nicht weiter zuschlagen. Er kann dich nicht schlagen, aber du auch nicht. Niemand kann es.«

Was für ein Mensch war ich damals? Jemand, der unablässig einen Jab schlagen kann, als würde ich kleine Tomaten aus dem Kühlschrank picken, bis das Gesicht des Gegners blutig und geschwollen ist? Oder jemand, der den Gegner wohl oder übel einfach mit den Armen umschließt? Eigentlich keiner von beiden. Ich weiß es nicht genau. Ich hatte keinerlei Ambitionen, keine Idee, was ich überhaupt tun wollte. Ich konnte keinen Jab schlagen und noch viel weniger das Holding machen. Ja, so ungefähr konnte man mich als Menschen beschreiben.

Aber ich ging bis zu meinem Schulabschluss weiter ins Boxstudio. Ich verprügelte niemanden, und ich wurde auch nicht verprügelt. Ich wurde nicht zu einem Menschen, der jemanden endlos mit Jabs schlagen konnte. Aber auch nicht zu einem, der andere einfach mit den Armen umschloss. Allerdings joggte ich täglich acht Kilometer am Fluss entlang, übte im Studio die Schritte und Seilspringen. Gegen den blöden Linkshänder im Spiegel schlug ich mehrere Tausend Male Jabs und Aufwärtshaken. Am Wochenende kehrte ich den Tennisplatz und putzte die Toilette. Das hatte nicht nur negative Seiten. Manchmal kam eine hübsche Lehrerin zum Tennis, wenn alle anderen bereits gegangen waren und ich schon sauber machte. Sie unterrichtete Sozialkunde und war gleich nach ihrem Studium neu an unsere Schule gekommen. Ich mochte sie sehr.

»Bist du schon fertig?«

»Alles gut. Spielen Sie ruhig. Ich kann warten.«

»Tut mir leid. Ich möchte Tennis lernen, aber ich spiele so schlecht, dass ich mich nicht vor den anderen traue.«

Etwas scheu wedelte sie mit ihrem Schläger und sah sich

auf dem Platz um. Dann blickte sie mich mit einem verschämten Gesichtsausdruck an.

»Könntest du mir einen Gefallen tun und meine Bälle fangen?«

Ich fing ihre Bälle. Tong, tik, tong, tik, tong, tak, oh, hoppla.

»Tut mir leid.«

»Alles gut.«

»Ich spiele wirklich miserabel, nicht wahr?«

»Es ist kaum zu glauben, wie unsportlich Sie sind, obwohl ich es mit eigenen Augen gesehen habe«, antwortete ich lächelnd.

»Warum machst du jedes Wochenende allein hier sauber? Ist das eine Strafe?«

»Das ist schwer zu erklären. Sagen wir einfach, ich habe das Verbrechen begangen, einen wunderschönen Windwirbel zu sehen, den die anderen nicht gesehen haben.«

»Einen wunderschönen Windwirbel?«

»Ja, einen mächtigen Windstoß, der mir mein Leben vergeigt hat.«

Im nächsten Schuljahr, in der elften Klasse, joggte ich statt acht Kilometern täglich zwölf. In den Sommerferien stellte ich mir einen Ernährungsplan auf und achtete auf mein Gewicht, denn ich wollte an einem Wettbewerb teilnehmen. Und samstags machte ich wie immer den Tennisplatz und die Toilette sauber. In der Schulbibliothek stand berühmte Weltliteratur, deren Bände so alt waren, dass man beinahe denken konnte, sie stammten noch aus der japanischen Besatzungszeit. Sie waren in kleinsten Buchstaben gedruckt und meistens todlangweilig. Niemand kümmerte sich um die Bibliothek, und außer diesen Bänden gab es nichts Lesenswertes. Ich hörte, wie die Bälle aufprallten, man schrie, sich anfeuerte und seufzte. Darüber das aufdringliche Lachen der Lehrer. Bis all diese Geräusche endlich aufhörten, saß ich in einer Ecke und las. Und wenn es auf dem Tennisplatz ruhig wurde, ging ich hinunter und machte sauber.

Am Anfang des neuen Schuljahres suchte mich eines Tages Silicagel auf. Gerade lief ich mit der Walze umher, da starrte mich Silicagel vom Zaun aus an. Er schien sehr überrascht zu sein, dass ich wegen des Aufsatzes noch immer jeden Samstag sauber machte. Er beobachtete mich dabei eine gute halbe Stunde und überquerte den Platz, als ich mit dem Putzen fast fertig war.

»So viel Spaß macht es dir also, dass du jeden Samstag allein die Toiletten putzt«, sagte er höhnisch.

Jab!

»Wenn du so gern putzt, kannst du ja nach dem Schulabschluss weiter zum Putzen herkommen. Was meinst du?«

Jab!

»Was ist denn an einem Aufsatz so dramatisch, dass du dich dafür ein ganzes Jahr lang abrackerst? Was für ein Sturkopf!«

Jab!

»Hast du zu Mittag gegessen?«

Jab?

»Ich noch nicht. Lass uns Nudeln essen gehen.«

Silicagel ging mit mir zu einem chinesischen Restaurant gegenüber der Schule. Er bestellte uns Jajangmyeon, und wir aßen, ohne zu reden. Es war eine unbehagliche Mahlzeit. Ich war sogar von dem knallroten Chilipulver auf der schwarzen Sauce peinlich berührt. Nachdem Silicagel alles aufgegessen hatte, legte er die Stäbchen weg und trank einen Schluck Tee. Dabei beobachtete er still mein Gesicht.

»Du musst den Tennisplatz nicht mehr putzen. Wenn ich es mir so überlege, muss wohl ich einen Aufsatz über mein Verhalten schreiben, nicht du«, sagte er etwas beschämt.

Holding!

Dennoch ging ich weiter jeden Samstag putzen, bis ich meinen Schulabschluss hatte. Es war nicht wegen Silicagel, des Aufsatzes oder meiner Verbissenheit. Ich wollte es einfach so. Wie immer schnürte ich jeden Abend meine Laufschuhe zu, lief am Fluss entlang und achtete dabei auf meine Atmung. Vor dem Spiegel schlug ich Jabs und Aufwärtshaken. Und an den Samstagnachmittagen las ich so lange in den uralten Weltliteraturbänden der Bibliothek, bis alle Lehrer verschwunden waren. Anschließend kehrte ich den Tennisplatz. Am Ende der zwölften Klasse sagte der Pförtner: »Wenn du mit der Schule fertig bist, wer soll denn den großen Tennisplatz sauber machen? Willst du nicht sitzen bleiben? Früher mussten manche Jungen eine Klasse wiederholen und besuchten die Schule vier Jahre lang. Aber heutzutage macht jeder seinen Abschluss nach drei Jahren.« Er schien es wirklich zu bedauern.

Nach der Schule hörte ich mit dem Boxen auf. Während ich meinen Spind ausräumte, kam der Studioleiter und fragte: »Übrigens, hast du eigentlich den Judo-Typen k. o. geschlagen?«

»Nein, nicht wirklich k. o., aber ich glaube, es war ein Sieg nach Punkten.«

Er quittierte meine Antwort mit einem spöttischen Lächeln und sagte: »Nein, im Kampf gibt es doch keinen Punktsieg. Entweder du schlägst den anderen k. o. oder er dich.«

Ich legte meinen Kopf in den Nacken und überlegte kurz, wer durch meine Faustschläge auf dem Boden gelandet war.

»Stimmt«, fügte ich lächelnd hinzu, »im Kampf gibt es keinen Punktsieg.«

Ich transportiere lebende Fische mit einem Lastwagen. Es ist kein toller Beruf, der Lohn ist eher bescheiden, und man muss nachts auf der Autobahn fahren. Doch so schlecht ist es auch nicht. Die Arbeit ist anstrengend, aber ich habe keinen Vorgesetzten, der sich immer einmischt. Und ich kann während der Fahrt Musik hören. Schon das ist ein großes Glück. Wenn man um die 30 ist, denkt man nicht mehr daran, die Welt in die Luft jagen zu wollen. Man ist dann mit so viel Kleinkram beschäftigt, dass man kein Interesse dafür aufbringt, alles explodieren zu sehen, selbst wenn man einen ganzen Lkw voller Dynamit hätte. Ich muss den Lastwagen möglichst schnell zum Ziel bringen und darf keine Zeit verlieren. Und die Raten für den Wagen muss ich abzahlen. Außerdem muss ich regelmäßig das Bausparkonto auffüllen und zum Jahresende eine Steuererklärung mit den gesammelten Quittungen machen. Da kommt man nicht auf die Idee, einen Jab zu schlagen. Man fühlt sich täglich so, als würde man von irgendjemandem windelweich geprügelt werden, aber wenn man sich umdreht, schweigt die Welt, und keiner streckt die Faust aus. Man ist ratlos und weiß nicht, wohin man den Jab schlagen soll.

Vor Kurzem bin ich an einer Autobahnraststätte Silicagel begegnet, elf Jahre nach meinem Schulabschluss. Ich war auf meinen Lastwagen gestiegen, um die Temperatur im Wassertank zu überprüfen. Da näherte sich jemand langsam von hinten und sprach mich an.

»Hey, Wirbelwind. Du bist es ja wirklich, der Wirbelwind.«

Ich drehte meinen Kopf und sah, wie mich Silicagel hocherfreut anstrahlte. Ich kletterte hinunter und begrüßte ihn. Silicagel war alt geworden. Er erzählte, dass er aus gesundheitlichen Gründen in Frührente gegangen sei und dass es ihm jetzt viel besser gehe; manchmal könne er sogar mit seiner Frau verreisen. Beim Anblick meines Fünfzehntonners mit den Fischen klappte ihm die Kinnlade runter.

»Du fährst dieses gigantische Ding?«

»Ja.«

»Großartig. Wie ist es so? Reichen die Einnahmen zum Leben?«

»Mal ja, mal nein. Die Fische sind empfindlich, je nach Jahreszeit.«

Auf einmal kam seine Frau auf uns zu. Sie hatte eine liebevolle Ausstrahlung.

»Das ist Choi Jaegu, einer meiner Lieblingsschüler von früher. Sein Spitzname ist der Wirbelwind. Ein Sturkopf ohnegleichen, das sage ich dir.«

»Freut mich.« Mit einem wohlwollenden Lächeln streckte sie mir die Hand entgegen. Ich zögerte, sie anzunehmen.

»Ich habe Fischhände. Sie sind etwas dreckig«, sagte ich scheu.

»Das ist nicht schlimm. Das kommt, wenn man ein tüchtiges Leben führt.« Sie griff nach meiner Hand.

»Wenn du noch nicht gegessen hast, wollen wir zusammen essen?«, fragte Silicagel.

»Oh, das tut mir leid, aber ich muss schnell weiter. Die Fische sind nicht nur temperaturempfindlich, sondern dazu auch noch aufsässig. Bei der kleinsten Verzögerung verderben sie mir alle.«

»Dein Ebenbild also.« Silicagel lächelte.

Ich lachte mit.

»Es ist aber wirklich schade, dich einfach so gehen zu lassen«, fügte er sichtlich enttäuscht hinzu.

»Ich hätte auch gern einmal mit Ihrer schönen Frau zusammen gegessen. Aber mein Job macht Probleme. Ich hätte in der Schule besser aufpassen sollen, wie Sie mir immer gesagt haben.«

»Aber nein, du hast einen tollen Beruf. Es freut mich, dich so mitten im Leben zu sehen. Ich freue mich wirklich sehr.«

Auch mir tat es sehr leid, dass wir nicht zusammen essen gehen konnten, aber ich musste schnell ans Steuer. Ich hatte wirklich nicht viel Zeit. Die Fische muss man mit konstanter Geschwindigkeit fahren, nicht zu schnell und nicht zu langsam. Das ist die Kunst. Wenn man aufs Gas drückt, weil man in Verzug ist, schlägt das Wasser im Tank Wellen – und die Fische sterben. Tote Fische verderben das Wasser, und dann sterben die anderen. So kann ein Schaden von erheblichem Ausmaß entstehen. Ich ließ den Motor an und nickte Silicagel zum Abschied noch einmal zu. Dann fuhr ich los. Bis ich die Raststätte verlassen hatte, winkte er mir die ganze Zeit nach.

EINGESPERRT IM TRESORRAUM

Himmel, wie konnte denn nur so etwas Dummes passieren?

Am Freitagabend um neun Uhr öffneten wir den Tresorraum. Die Tür ging mit einem schweren und doch hellen metallischen Klang auf. Wie jedem anderen Dieb gefiel mir dieses Geräusch. Sofort holte mein Kumpel Cholgi die Werkzeuge aus seiner Tasche, und bevor ich ihn dabei bewundern konnte, öffnete er bereits die einzelnen Schließfächer. Es gibt niemanden auf der Welt mit seiner Geschicklichkeit, davon bin ich überzeugt. Wie im Rausch warf ich das Geld und die Edelsteine, die sich aus jedem Schließfach förmlich auf uns ergossen, in einen Sack. Das Adrenalin schoss durch meine Adern. Beim Anblick der Beute schrie die Frau vor Glück wie wild. Sie war so hemmungslos aufgedreht, dass sie wie eine Irre kreischte, herumhüpfte und tanzte. Sie rannte von einer Wand des Tresorraumes zur anderen. Ich dachte zwar, dass sie zu viel Lärm machte, aber ich ließ sie gewähren. In ihrem langweiligen Leben wird sie nicht oft ein Erlebnis gehabt haben, bei dem sie so jubeln konnte. Nur Geduld, sagte ich mir. Ihr schrilles Gekreische klang, als würde kalter Wind durch eine zerrissene Plastiktüte pfeifen; trotzdem erduldete ich es standhaft.

Denn, zumindest, haben, wir, jetzt, den Tresor, offen.

Bis ich den dritten Sack zuknotete, hörte sie mit dem Lachen nicht auf. Am ganzen Leib mit Schmuck behängt, rollte sie sich auf dem Boden hin und her und grölte laut. Dabei trat sie den Holzblock weg, der die Tresortür aufhielt. Es geschah, was geschehen musste: Sofort setzte sich die schwere Stahltür langsam in Bewegung und schlug mit einem dumpfen Knall zu. Da alles wie in Zeitlupe ablief, hätte man sie noch aufhalten können, wenn jemand nur schnell zu ihr gerannt wäre. Aber niemand rannte. Wir alle standen wie Dummköpfe herum und sahen zu, wie die Tür zuklappte. Auch nachdem der automatische Schließmechanismus deutlich hörbar ausgelöst wurde, rührten wir uns eine ganze Weile nicht von der Stelle und verstanden nicht, was das alles zu bedeuten hatte. Geistesabwesend betrachteten wir die geschlossene Tür. Dann suchten wir die Blicke der anderen und lächelten uns unsicher an.

»Hahaha, du, diese Tür da, die ist jetzt nicht wirklich zu, oder?«, fragte Cholgi.

»Hahaha, natürlich nicht«, antwortete ich. »Das kann nicht sein, oder?« Ich richtete meinen Blick auf die Frau.

Die Frau, die bis dahin noch auf dem Boden gelegen hatte, ordnete sich etwas und stand peinlich berührt auf. Cholgi warf sein Werkzeug weg und trottete zur Tür. Er betrachtete sie und klopfte sie eine Weile ab.

»Scheiße«, sagte er schließlich, »die ist wirklich zu.«

Gott, echt, verdammt.

So war das Ganze abgelaufen. Heißt, wir sind jetzt im Tresorraum eingesperrt.

Ohne Fenster und ohne Klo, vier glatte Wände aus Spezialstahl. Niemand würde uns antworten, selbst wenn wir aus vollem Hals »Hallo, ist jemand da? Hier sind Menschen eingesperrt!« schreien würden. Und selbst wenn jemand antworten würde, nur der Besitzer könnte die Tür öffnen. Wir sitzen fest, in so einem dämlichen, so einem langweiligen, so einem öden Tresorraum.

Das alles fühlt sich unwirklich an. Ich sitze mit meinem Hintern auf dem kalten Tresorboden und stoße mit dem Kopf an die Stahlwand; trotzdem will mir nichts real vorkommen. Im Grunde ist es ganz normal, dass alles irreal erscheint. Wir haben ein halbes Jahr lang an unserem Plan gefeilt. Es war eine Heidenarbeit, hier einzubrechen. Und dann, nur weil jemand den Holzblock vor der Tür weggestoßen hat, sind wir hier eingekerkert. Das ist doch nicht zu fassen.

Doch egal, ob es zu fassen ist oder nicht, wir sind tatsächlich eingesperrt. Ich kann mir den Plan abschminken, in einem Fünfsternehotel mit Champagner Wochenendserien im Fernsehen anzusehen. Auch der rote Porsche, Guam mit der Jacht und die Frauen im Bikini am Strand sind nur noch Luftschlösser, Cholgis lang ersehnter Traum vom Gruppensex mit fünf venezolanischen Schönheiten nur noch Schall und Rauch. Ich hatte schon im Gefühl, dass alles zu glatt läuft. Für Leute wie uns wäre Venezuela auch viel zu schön.

Es fühlt sich so an wie im Gefängnis. Aber das hier begeistert mich noch weniger als der Knast. Hier gibt es kein Fenster, keinen Schlitz an der Tür für die Essenausgabe und nicht einmal eine Toilette. Keinen Trompeter, der den zu

Tode gelangweilten Häftlingen spannende Geschichten aus der Welt da draußen erzählen kann. Erst recht keinen Fernseher, kein Dosenbier und auch keinen Kühlschrank, um es zu kühlen. Es ist Freitag, 21.00 Uhr. Die Polizei wird nicht vor Montag auftauchen. Was sollen wir bis dahin tun? Man hätte hier ein Aquarium einbauen sollen. Dann hätten wir bunte Zierfische beobachten können. Oder solche Wasserräder, von denen immerzu Luftblasen aufsteigen. Mit dem Zählen der Blasen hätten wir uns gut die Zeit vertreiben können. Aber es gibt kein Aquarium. Hier gibt es nur zwei jämmerliche Typen, denen in ihrem ganzen Leben nie irgendetwas richtig gelingen wollte. Dazu noch eine hirnlose Frau und ein ganzer Haufen Geld und Juwelen, die nun zu nichts zu gebrauchen sind. Außerdem die gleichförmigen, unglaublich trostlosen Wände mit Schließfächern. Sie sehen hart aus. Wir haben kein Werkzeug, und selbst wenn wir welches hätten, würden wir es nicht schaffen, sie zu durchbohren. Am Montag wird die Polizei hier reinschneien. Wollten wir diese Wände überwinden, bräuchten wir einen Monat. Wir reden hier nicht von Beton oder normalem Stahl, sondern von Spezialstahl. Schon der Name ist furchterregend. Die Wände aus diesem Stahl sind so hart und glänzend, dass sie unsere dämlichen Gesichter widerspiegeln. Sie kokettieren mit ihrer Härte und lachen uns aus. Sie scheinen uns quasi zu fragen: »Ihr wisst schon, wie blöd ihr seid, oder?«

Wissen wir. Wir wissen ganz genau, wie blöd wir sind. Würde es einen Preis für die dümmsten Diebe der Welt geben, würde er zu Recht uns gehören. Das wissen wir.

Ehrlich gesagt fühlte ich mich selbst dann nicht verzweifelt, als Cholgi anfing, verschiedene Werkzeuge aus seiner

Tasche zu kramen. Der Grund ist, dass Cholgis inzwischen verstorbener Vater der beste Tresortechniker des Landes war. Er war bei den namhaftesten Sicherheitsfirmen als Berater unterwegs gewesen. Nebenbei war er auch der beste Tresorknacker. Ich habe die vage Hoffnung, dass Cholgi irgendeinen Trick von ihm gelernt hat. Er wird etwas auf Lager haben. Irgendwas muss er haben. Es kann nicht sein, dass er nichts hat.

Doch gerade in diesem Moment wirft er die Werkzeuge weg und seufzt.

»Geht es nicht?«, frage ich.

»Scheiße, hast du jemals einen Tresorknacker gesehen, der von innen eine Tür aufbricht?«, knurrt Cholgi.

»Mensch, gib dir mal mehr Mühe. Es ist eine Frage des Glaubens und der Hartnäckigkeit.«

»Der Schließmechanismus ist doch außen. Irgendein Loch müsste es geben, damit ich da ansetzen und etwas zaubern könnte.«

Es ist tatsächlich, wie er sagt. Auf unserer Seite der Tür ist einfach nur eine glatte Fläche. Was kann man damit schon anstellen? Außerdem hat er recht, kein Einbrecher kann eine Tresortür von innen öffnen. Welcher Tresorknacker würde das denn machen? Warum auch? Ein Dieb muss sich nur darüber Gedanken machen, wie man von außen hineingelangen kann.

Entmutigt lässt sich Cholgi auf den Boden fallen. Ich tue es ihm nach. Die Frau hockt schon seit einer ganzen Weile verängstigt in einer Ecke. Cholgi und ich starren uns an, dann die Decke und schließlich den Boden. Ich stoße einen langen Seufzer aus, und Cholgi sieht mich an.

»Hast du eine Zigarette?«, fragt er.

»Im Auto.«

»Verdammt, nicht mal Zigaretten haben wir.«

»Aber ein Feuerzeug habe ich«, entgegne ich.

»Ein Feuerzeug hast du? Willst du mich verarschen?«, sagt er verärgert.

Die Frau beginnt zu weinen. Aus Scham, aus Angst oder weil es ihr leidtut, ich kann es nicht sagen. Sie würde sich bestimmt gern den Fuß abhacken, mit dem sie den Holzblock weggetreten hat.

Cholgi explodiert: »Halt's Maul, du Miststück! Was flennst du denn jetzt, nachdem du so eine Scheiße gebaut hast?!«

Seine harte Stimme kracht gegen die Wände und hinterlässt einen langen Nachklang wie bei zwei aneinanderschlagenden Becken im Konzert. Die Frau ist anscheinend davon so erschrocken, dass sie sofort aufhört. Auf einmal wird es still. Eine Weile ist nichts zu hören. Keiner spricht oder bewegt sich. In dieser Stille bleiben wir sehr lange und sehr steif sitzen.

Die Stille ist seltsam. Die Juwelen und Antiquitäten glitzern im Licht der Halogenlampen, sie sind garantiert mehrere Millionen Dollar wert, vielleicht zehn oder zwanzig. Doch sie sind mir egal. Lange Zeit hatte ich geglaubt, dass ich überglücklich sein würde, wenn ich sie in meine Tasche stecken könnte. Um ehrlich zu sein, denke ich das immer noch. Ich habe in meinem Leben gestohlen, betrogen und gelogen, um diese funkelnden Dinger zu besitzen. Sogar mich selbst habe ich belogen. Diese Dinger liegen jetzt direkt vor meinen Augen, ich kann sie berühren, in die Hand nehmen. Trotzdem gehören sie letztendlich nicht mir. So ist es in meinem Leben immer gelaufen. Im Leben anderer muss es ähnlich sein. In Wirklichkeit kann niemand das glitzernde Zeug einfach mit Händen greifen und wegtragen. Das gilt auch für die Besitzer der Schmuckstücke. Weil es sie beunruhigen würde, das alles hier außerhalb des Tresors zu wissen. Ja, das wäre für sie einfach zu beunruhigend.

Werde ich tatsächlich glücklich, wenn ich mir meine Jackentaschen mit diesen Sachen vollstopfe? Ich kann es nicht wissen, ich habe sie ja noch nicht in meine Taschen gestopft. Ein paarmal tippe ich mit der Schuhspitze an ein rundliches Schmuckschwein aus purem Gold. Es kullert einfach weg. »Du willst bestimmt auch aus diesem öden Tresor raus, oder?«, frage ich stumm. Aber es antwortet nicht. Doch ich nehme es an. Wie der Geist Dschinni aus der Wunderlampe haben die unzähligen Reichtümer in diesem Tresorraum womöglich lange Zeit sehnsüchtig darauf gewartet, dass jemand die Tür öffnet. Sie wünschen sich bestimmt, statt unter Halogenlampen draußen im Sonnenschein glänzen zu können. Tut mir leid, du rundes Schwein, dass die Typen, die endlich die Tür geöffnet haben, eine so jämmerliche Gestalt abgeben.

Mit der Zeit beginnen in dieser seltsamen Stille allmählich Geräusche zu entstehen. Cholgi stößt einen langen Seufzer aus, als würde er es sehr bedauern, keine Zigarette dabeizuhaben. Von irgendwoher ist das leise Ticken einer Armbanduhr zu hören. Die Frau bewegt sich ein wenig, als würde es ihr unbequem werden, auf dem Boden zu sitzen. Dabei hört es sich jedes Mal so an, als ob ihr Rock über den Boden schleift. Wahrscheinlich kommt das Geräusch von ihrem Hintern. Kann sein, kann auch nicht sein. Aber wenn ich mir vorstelle, dass es so ist, fühle ich mich ein bisschen besser. Cholgi stößt noch einmal einen langen Seufzer aus. Sicherlich denkt er immer noch an die Zigaretten. Vergiss es, hier gibt es keine. Die Frau schluchzt wieder. Cholgi, der gerade vor den polierten Stahlwänden wie vor einem Spiegel steht und die Chilistücke aus seinen Zähnen pult, wirft der Frau einen scharfen Blick zu. Sie muss es gespürt haben, denn sie hört sofort auf, aber ihre Tränen fließen immer noch. Bestimmt kommt sie sich selbst dämlich vor, weil sie den Holzblock weggekickt hat. Auf einmal macht Cholgi Liegestütze. Dann stellt er sich hin und tritt mit voller Kraft gegen die geöffnete Tür eines kleinen Schließfachs, als würde er seine Wut nicht mehr unterdrücken können. Die Frau, die eben noch lautlos geweint hat, wirft erschrocken einen Blick auf ihn, die Augen zuerst riesengroß und dann wieder zu Sichelmonden zusammenschrumpfend. Wenn ich sie jetzt so genau betrachte, sieht sie ziemlich gut aus. Während wir diesen Einbruch vorbereitet haben, ist es mir nicht aufgefallen. Auch ihre Uniform ist sehr sexy. Merkwürdigerweise machen mich Frauen in Uniform an. Beim Anblick von uniformierten Frauen an den Eingängen oder im Fahrstuhl eines Kaufhauses oder auch bei Bankangestellten in ihrer Einheitskleidung überkommt mich die Begierde. Wenn ich solche Uniformen sehe, habe ich irgendwann einen stehen. Sexuelle Fantasien über Uniformen. Die sind merkwürdig. Ich habe in meinem Leben jegliche Uniformen abgrundtief gehasst, sowohl meine enge Schuluniform in der Oberstufe als auch die altmodische Uniform im Wehrdienst. Warum liebe ich dann die Uniformen der Frauen? Vielleicht liegt es dran, dass der Stoff anders ist. Oder daran, dass die Schuluniform in der Oberstufe – meine erste überhaupt – so was von hässlich war. Ehrlich gesagt, sie war mehr als hässlich, eher eine komplette Vollkatastrophe. Vielleicht bin ich nicht der Einzige, der uniformierte Frauen mag. Der Grund, warum die Chefs der Banken das weibliche Personal in Uniformen stecken, ist vielleicht der gleiche. Diese Typen werfen dann während der Arbeitszeit ständig heimliche Blicke auf Hintern oder Busen und lassen ihrer Fantasie dabei freien Lauf.

Die Frau, die bisher geräuschlos vor sich hin geweint hat, beginnt nun laut zu schluchzen. Cholgi macht einige Liegestütze und baut sich gereizt auf. Dann stürzt er auf sie zu, und ehe ich ihn davon abhalten kann, schlägt er mehrmals kräftig auf ihren Kopf. Weil sie ihn gesenkt hat, treffen sie die Schläge wahrscheinlich auf den Hinterkopf. Sie fällt zu Boden und liegt nun wie ein Frosch auf dem Bauch. Ich sehe ihre hellgrüne zweiteilige Uniform, die schwarze Strumpfhose, den runden Hintern und die schmalen Oberschenkel. Irgendwie vermute ich, dass sie gut im Bett ist. Der Hintern, die Uniform, die schmalen Schultern, die sich bei jedem Schluchzen zart bewegen. Inmitten dieser bekloppten Lage habe ich plötzlich Lust auf Sex.

»Du blöde Kuh, was hast du denn so Tolles geleistet, dass du die ganze Zeit flennst? Ich glaub, ich dreh gleich durch.« Cholgi regt sich auf, während er an seinen Platz zurückgeht.

»Hey, trotzdem darf man das schwache Geschlecht nicht schlagen. Du bist so was von roh«, sage ich sanft, während ich sie ansehe.

»Ich bin nicht einmal zwei Monate draußen, und wegen der da lande ich gleich wieder hinter Gittern. Voll bescheuert. Diesmal wollte ich ein wirklich aufrichtiges Leben führen, aber die da hat alles versaut. Außerdem bin ich noch auf Bewährung. Scheiße, ich bin so angepisst.«

»Wenn du wieder einfährst, das wievielte Mal ist es?«

»Zehntes? Elftes?« Cholgi wiegt nachdenklich seinen Kopf. »Ich weiß es nicht mehr genau. Ich war schon so oft drin. Und du?«

»Mein viertes.«

»Echt? Du hast aber ein vorbildliches Leben geführt.«

»Ich bin eben doch anders als du. Man muss im Leben auch sein Gehirn einsetzen. Du musst dich umschauen und verstehen, wie die Welt so funktioniert. Denkst du etwa, dein Kopf ist nur da, um das Gleichgewicht zu halten?«

Cholgi schielt kurz zu seinem Kopf, als würde er ihn scharf ansehen wollen. Dann grinst er. Auch ich muss etwas überrascht mitlachen. Für so einen großen Optimisten wie ihn macht es kaum einen Unterschied, ob er im Knast sitzt oder nicht. Rechnet man die Zeit mit, die er im Jugendknast war, dann hat er die Hälfte seines Lebens hinter Gittern verbracht. Wieder in den Bau zu gehen wäre nicht schön, aber auch kein Albtraum. Sind wir denn draußen so viel besser dran? Man wird von Scheißtypen verachtet, nur weil man vorbestraft ist. Und jedes Mal, wenn etwas passiert, wird man von den Bullen einbestellt. Immer diese beknackten Bullen. Ständig wird man verdächtigt, beschimpft und verprügelt, ohne zu wissen, warum. Also ist es egal, ob man im Knast oder draußen Prügel einsteckt. Die Welt ist im Grunde genommen überall ein Gefängnis. Wenn man es positiv sehen will, ist man im Knast zumindest sorgenlos.

Übrigens, eigentlich ist meine Spezialität nicht Einbruch, sondern Betrug. Man darf Gauner nicht alle in denselben

Topf werfen und gleich abschätzig behandeln. Im Leben bekommt man nichts geschenkt, so ist es nun mal auf der Welt. Will man als Betrüger leben, benötigt man ein breites Wissen. Deshalb gehe ich ziemlich oft in die Bibliothek. Umgeben von Menschen, die sich mit allen möglichen Zertifikaten und Examen auf eine spätere Anstellung vorbereiten, lese ich Philosophie- und Mathematikbücher. Um verheiratete Frauen mittleren Alters anzulocken, lese ich auch gefühlsduselige Gedichte. Um mit dem Strom der Internationalisierung und Globalisierung zu schwimmen, musste ich sogar Englisch, Japanisch und auch Chinesisch lernen. Dieser Job ist an und für sich ein echter Beruf. Ohne sich weiterzubilden, kann man hier nicht überleben. Cholgi hat von seinem Vater die Kunst gelernt, wie man Tresore knackt, und er lebt von dieser Technik schon sein ganzes Leben lang. Wie einfach er es doch hat! Er kann wahrscheinlich nicht einmal eine Bibliothek von einer Buchhandlung unterscheiden.

Die Leute denken, dass ein Betrüger Lügen verkauft. Aber das ist ein Irrtum. Was er verkauft, ist Fantasie. Und diese Fantasie liegt näher an der Wahrheit als die Lüge. Diese der Wahrheit nahe Fantasie ist der Grund für die Leute, etwas zu begehren, was sie nicht erreichen können. Und sie versuchen, sich zu krallen, was sie nicht festhalten können. Um diese Traumwelt, die für sie die Wahrheit darstellt, zu erhalten, schließen sie mit dem Betrüger einen Bund. Das gilt auch für die Frau, die da in der Ecke hockt und weint. Sie ist Abteilungsleiterin in einem Sicherheitsunternehmen, das sich unter anderem mit Tresoren beschäftigt. Sie hat einen sicheren Job und ein recht gutes Einkommen. Würde sie mit ihrem Gehalt gut wirtschaften, hätte sie keine großen

Geldsorgen, auch wenn sie keinen Mercedes fahren würde. Doch sie glaubte nicht, dass ihre Wahrheit in einem genügsamen und ehrlichen Leben liegt. »Wenn du dieses langweilige Scheißleben neu formatieren möchtest, was würdest du brauchen?« Als ich ihr diese Frage stellte, riss sie die Augen auf und neigte ihren Kopf fragend zur Seite. Ich setzte fort: »Vielleicht fünf Milliarden Won? Mit dem Geld könntest du ein neues Gesicht, einen neuen Namen, einen neuen Menschen bekommen – und ein neues Leben natürlich auch. Was meinst du? Hättest du nicht Lust, das Leben deiner Träume zu leben?« Die Fantasie wurde zur Begierde, und diese wiederum schnell zur Wahrheit. Die Frau biss sofort an.

Sie kümmerte sich um die Beschaffung der Schlüssel für die beiden Türen, die zum Tresorraum führten, und um das Passwort sowie Informationen über das Sicherheitssystem. Den Hauptschlüssel hatte ein anderer Typ, aber wir brauchten ihn nicht unbedingt, denn der Sohn des besten Tresorknackers war mein Freund. Ich musste nur noch abwarten, bis Cholgi aus dem Knast kam. Und zwei Monate nach seiner Entlassung haben wir nun die Tür zum Tresorraum aufgekriegt. Hier werden Geld aus schwarzen Kassen, leicht verdientes Geld, Geld zur Geldwäsche und Vermögenswerte, die vor dem Finanzamt verborgen werden sollen, aufbewahrt, und die Bewachung ist nachlässiger, als man denkt. Gut, das ist nicht weiter verwunderlich. Schließlich will niemand an die große Glocke hängen, Schwarzgeld versteckt zu haben. Jedenfalls wären wir in diesem Moment damit beschäftigt, die Scheine in die Zählmaschine zu schieben, wenn sich die Frau nicht auf den Boden geworfen, einen beknackten Tanz irgendeines afrikanischen Urvolks getanzt und schließlich den Holzblock weggestoßen hätte. Apropos Zählmaschine, was machen wir jetzt damit? Die haben wir extra teuer angeschafft. Ach, was soll's! Das ist jetzt auch egal.

Inzwischen steht Cholgi vor einer kostbaren Porzellanvase in einer Ecke und pinkelt. Dann schüttelt er sein Ding, zieht den Reißverschluss zu, holt sein Handy aus der Tasche und führt es auf Armeslänge unter der Decke herum.

»Gib mir deins«, sagt er, »ich hab keinen Empfang.«
»Was willst du damit?«
»Ich will bei der Polizei melden, dass wir hier sind.«
»Machst du Witze?«
»Ist doch sowieso schiefgegangen. Also ist es besser, wenn wir gleich festgenommen werden. Am Montag haben sie uns doch eh. Was wollen wir hier so lange rumsitzen? Ist doch öde hier. Außerdem habe ich Hunger.«

Alles in allem ist es gar nicht so dumm, was er sagt. Ich hole mein Handy aus der Tasche. Vielleicht liegt es am Tresorraum, jedenfalls hat meins auch keinen Empfang.

»Meins geht auch nicht.«
»Hey, junge Dame. Geht dein Handy auch nicht?«, fragt Cholgi. Sie sieht ihn mit vorwurfsvollem Blick an und lässt gleich wieder den Kopf sinken. Peinlich berührt, wendet er sich darauf zu mir.

»Von der geht es wohl auch nicht. Was machen wir jetzt?«
»Lass uns eine Runde schlafen.«
»Gibt es denn nicht einmal einen Bewegungsmelder in diesem Tresor? Es muss doch zumindest einen Feuermelder geben, oder? Na, das wird ja immer besser. Wie kann man

denn nur ruhig schlafen, wenn man sein Geld in so einem Loch aufbewahrt?«

»Die Typen glauben, dass es sicher ist, solange sie den Schlüssel haben.«

»Ich werde noch wahnsinnig. Ich soll diesen Scheiß noch bis Montag ertragen? Gott, ich hasse alles, was langweilig und eintönig ist. Und ich habe Hunger. Zum ersten Mal in meinem Leben warte ich echt sehnsüchtig auf die Polizei.«

»Mir geht es genauso. Langeweile ist schlimmer, als verprügelt zu werden.«

»Hätten wir Karten, könnten wir zu dritt Skat spielen. Haben wir aber nicht. Nicht einmal Zigaretten. So ein verdammter Mist.«

»Immerhin haben wir eine Frau«, sage ich und zeige mit dem Kinn in ihre Richtung. Er sieht mich mit weit aufgerissenen Augen an.

»Hm, eine Frau ...«

Er schielt zur Decke und scheint intensiv nachzudenken. Ich versuche, seinen Gesichtsausdruck zu deuten, und beschwöre ihn mit flehendem Blick: »Überleg es dir. Wenn du erst einmal wieder in den Knast kommst, ist es für eine lange Zeit vorbei mit den Weibern. Außerdem trägt sie eine Uniform. Sie hat bestimmt studiert. Wie oft bekommt ein Kerl wie du Gelegenheit zum Sex mit einer studierten Frau? Spürst du nicht schon das Jucken im Unterleib?« Aber er antwortet mir immer noch nicht. Die Frau, die ihren Kopf gesenkt gehalten hat, setzt sich langsam auf. Wahrscheinlich hat sie die komische Stimmung bemerkt. Cholgi denkt gequält nach und schüttelt den Kopf.

»Nein, das geht trotzdem nicht. Gegen ihren Willen macht

man das nicht. Mein Vater brachte mir bei, dass ich klauen darf, aber nie einen anderen Menschen verletzen. Außerdem ... ach, keine Ahnung. Für einen Kerl ist es so was von peinlich, eine Frau zu vergewaltigen. Auch wenn man im Abgrund lebt, sollte man zumindest Anstand haben. Und mit Einbruch und Diebstahl muss man nur ein oder zwei Jahre Knast schieben, aber mit einer Vergewaltigung wird es kompliziert. Wenn die da hier geschändet wird, denkst du etwa, dass sie bei der Polizei das Maul hält?«

»Er hat recht«, schreit die Frau plötzlich, »ich würde das niemals auf mir sitzen lassen.« Sie baut sich vor uns auf.

»Halt die Klappe, du Schlampe!«, brülle ich sie an. »Nur deinetwegen stecken wir in dieser Scheiße.«

Sie lässt ihren Kopf wieder sinken und duckt sich. Wenn ich es mir so überlege, hat Cholgi natürlich recht. Das mit dem Anstand ist Gelaber, aber wegen einer Vergewaltigung im Bau zu landen wäre unangenehm. Vergewaltiger werden selbst im Knast nicht wie Menschen behandelt. Nach der Entlassung kann man sich in der Öffentlichkeit nicht mehr blicken lassen. Verflucht noch mal, nichts will mir gelingen. Ich decke meine Jacke über mein Gesicht und lege mich hin. Ich sollte etwas schlafen, ich habe eh nichts Besseres zu tun. Wenn ich immer wieder schlafe, wird die Zeit schon wie von allein vergehen. Und wenn die Zeit um ist, wird die Polizei kommen. Dann wird die sich um alles kümmern. Ich schließe die Augen und fühle, wie die Kälte vom Boden meinen Rücken hochkriecht.

Ich war kurz eingenickt, da weckt mich der Lärm von scheppernden Werkzeugen wieder auf. Cholgi ist eifrig dabei, die restlichen Schließfächer zu knacken. Die Frau sitzt unverändert mit einem sorgenvollen Gesicht immer noch an der Wand.

»Was zum Teufel machst du da?«, frage ich gereizt.

»Ich suche nach Skatkarten. Wenn wir die hätten, können wir zu dritt spielen, und es wird nicht so langweilig.«

»Du Idiot. Welcher Mensch bewahrt Skatkarten im Schließfach auf?«

»Wer weiß das schon? Mein Vater hat mir mal erzählt, dass er einmal ein Mah-Jongg-Spiel aus purem Gold in einem Tresor gefunden hat.«

»Bist du blöd? Das ist, weil es aus Gold war.«

»Warum sollen wir nicht auch goldene Karten finden?«

»Hör auf. Wenn du die alle knackst, bekommen wir vielleicht ein höheres Strafmaß.«

»Ich glaub nicht, dass das was ändert. Wie lange wir Knast schieben werden, war entschieden, als die Tür zuklappte, verstehst du?«

»Und mit den Karten wäre alles besser, oder was?«

»Das mache ich doch nur, weil ich mich langweile. Mir platzt der Kragen, wenn ich nur rumsitze.«

»Bei dem Krach kann ich nicht schlafen.«

Unbeeindruckt von meinen Worten, knackt er weitere Schließfächer.

»Du Sackgesicht, hör auf!«

Ich greife ein Werkzeug und werfe es nach Cholgi. Dieser weicht spielerisch aus und kichert. Ich nehme noch ein Werkzeug, da fragt die Frau aus der Ecke zaghaft:

»Wie ist es so im Knast?«

»Was?«

Sie hätte auch fragen können, wie Kuhscheiße aufs Dach kommt. Ich will sie schon angreifen, aber ihr Gesichtsausdruck ist ziemlich traurig und trüb.

»Ich meine, ob der Knast ein so entsetzlicher Ort ist wie im Film.«

Cholgi antwortet für mich: »Aber nein, im Film wird alles maßlos übertrieben. Im Großen und Ganzen ist der Knast nicht so schlimm. Am Anfang ist es sicher schwierig, aber du lebst dich ein, und es gibt dort viele interessante Menschen. Mit der Zeit freundest du dich mit denen an, kannst mit ihnen rumhängen und reden. So kannst du die Zeit dort gut absitzen.«

»Ich habe einmal im Fernsehen eine Reportage über einen mexikanischen Frauenknast gesehen, dass Starke die Schwächeren verprügelt und nachts missbraucht haben.«

»Ach, das ist Mexiko«, erzählt Cholgi, während er weiter Schließfächer öffnet. »Hier wohnen die zusammen in einem Raum, da wird das schon nicht passieren. Gut, weil man nicht raus kann, ist es eben etwas bescheuert. Das ist alles. Wo Menschen leben, ist es überall gleich, egal, ob man hier wohnt oder im Knast.«

»Ja, es ist wirklich so«, stimme ich ihm zu. »Wo Menschen zusammenleben, gibt es keine wirklichen Unterschiede.«

»Was wird dann aus mir?« Sie beginnt wieder zu schluchzen. Die Worte von Cholgi und mir scheinen ihr kein Trost zu sein. Sie hat ihr Gesicht zwischen ihre Knie gesteckt. Bei dem Gedanken, im Knast zu landen, bekommt sie wohl Angst. Ich hatte auch Angst, als ich zum ersten Mal in die Zelle gesteckt wurde. Alles jagt einem beim ersten Mal Angst ein. Cholgi sieht die Frau eine Zeit lang mitleidig an, zuckt dann mit den Schultern und setzt die Arbeit an den Schließfächern fort. Ich verdecke mein Gesicht wieder mit meiner Jacke und lege mich hin.

»Gefunden«, ruft Cholgi in dem Moment und holt etwas aus einem Safe. »Guck mal, guck mal. Was habe ich gesagt?« Er ist total aufgekratzt.

Aber was er in der Hand hält, ist kein Skatspiel, sondern ein Würfel aus Gold.

»Was machst du so ein großes Trara wegen so was?«

»Weißt du, was man mit einem Würfel alles machen kann? Wenn wir Papier hätten, könnten wir so was wie das Schlangenspiel spielen.« Die Aufregung in seinem Gesicht ist nicht zu übersehen.

»Schlangenspiel? Was ist das denn?«

»Du kennst das nicht? Es macht voll viel Spaß. Hast du das als Kind nicht gespielt? Keine Kindheitserinnerung daran?«, fragt Cholgi mit einem Ausdruck, als ob er es nicht verstehen könnte, wie ich es nicht kennen kann.

»Hör auf mit dem Scheiß. Mir sagt das eben nichts. Du da, kennst du das Schlangenspiel?«, frage ich die Frau.

Sie hebt ihr Gesicht. Sie muss viel geweint haben, ihre Augen sind dick angeschwollen.

»Ich kenne es«, sagt sie schluchzend.

»Na, siehst du? Die kennt es auch. Wie kann dann ein Typ mit Abitur davon nix wissen?«

»Du Mondkalb denkst wohl, dass man so was im Gymnasium lernt. Du hast doch von nichts eine Ahnung, du Vollidiot.«

»Komm ran. Ich bringe es dir bei. Wenn ich es aufmale und du meiner Erklärung folgst, ist es sehr leicht zu verstehen. Und du Mädchen, hör auf zu weinen und schwing die Hüften her. Weinen bringt gar nichts. Wenn wir spielen, kommen wir wenigstens auf andere Gedanken.«

»Trotzdem, was soll das denn in dieser Situation?«, brüllt sie hysterisch. Ihr Aufschrei ist so heftig, dass Cholgi und ich davon ganz benommen sind. Aber sie merkt sofort, dass sie sich nicht in der Lage befindet, wo sie ihre schlechte Laune rauslassen darf, und so beginnt sie wieder, mit dem Kopf zwischen den Knien laut zu weinen. Am Anfang fand ich es nervig, aber nun tut sie mir irgendwie leid. Noch mehr, weil es eine Frau in Uniform ist, die da weint.

»Das Spiel macht Spaß«, sagt Cholgi betreten. »Zu zweit ist es wirklich nicht so lustig«, fügt er noch hinzu.

Er scheint ebenfalls Mitleid mit ihr zu haben. Doch sie kann sich wohl durch unsere freundliche Art so entspannen, dass sie geradewegs laut drauflos weint. Die Stimmung ist plötzlich unangenehm. Würde man ihr ein paar Schläge versetzen, wäre sie wohl leise, aber irgendwie habe ich das Gefühl, dass dies nicht der richtige Zeitpunkt dafür ist. Sie weint eine ganze Weile laut vor sich hin. Unbeeindruckt davon malt Cholgi Linien auf die Rückseite eines Wertpapiers, sodass einhundert Kästchen entstehen. Da hinein schreibt er die Zahlen von Eins bis Einhundert und zeichnet hier und da Schlangen.

»Ah ja, ich verstehe! Man muss den Schlangen ausweichen und bei hundert ankommen, richtig?«

»Nein, am Anfang ist es besser, über die Schlangen weiterzukommen.«

»Ist doch egal, du Affe. Ich glaub, ich kenne das Spiel doch.«

»Und du, junge Frau, willst du wirklich nicht mitspielen?«

Verächtlich sieht sie uns an und lässt ihren Kopf wieder zwischen die Knie sinken. Cholgi starrt sie kurz an und dreht sich mit einem bedauernden Ausdruck wieder zu mir.

»Gut, das heißt wohl Nein. Komm, lass uns einfach anfangen.«

Die Frau hat recht. Was nützt es, in diesem Schlamassel Schlange zu spielen? Was aber bringt es, wenn wir es nicht spielen? Was sollen wir sonst die ganze Zeit lang machen? Daher beginne ich, mit Cholgi zu spielen.

Ich erinnere mich dunkel an das Spiel aus der Kindheit. Es gibt lange und kurze Schlangen. Welche mit einem Kopf und auch welche mit zwei Köpfen. Cholgi hat echt viele davon aufgezeichnet. Wie alt war ich, als ich mit diesem kindischen Spiel aufhörte? Ich kann mich nicht erinnern. Cholgi wirft den Würfel als Erster. Dann ich. Cholgi wirft wieder, und dann bin ich dran. Wir gehen über die Schlangen weiter und fallen wieder über sie zurück. Alles dreht sich um die Schlangen. Seit zwei Stunden spielen wir nun ohne Unterbrechung. Derjenige, der als Erster das Feld Einhundert erreicht, darf dem anderen zehnmal eine Kopfnuss geben oder sich vom anderen belanglose Sachen wie Huckepacktragen wünschen. Irgendwann macht es keinen Spaß mehr. Wir holen Geldbündel und Juwelen und wetten, dass derjenige, der als Erster das Ziel erreicht, davon etwas bekommt. Irgendwann nimmt Cholgi von meinem Stapel ungefähr eine Million Dollar, und ich verliere endgültig das Interesse. Zwischendurch haben wir auch ausprobiert, dass auf einigen Kästchen große Geldsummen gesetzt sind und dass man die als Bonus bekommt, wenn man darauf landet. Aber das ist genauso langweilig geworden. Was nützt es, wenn man alles Geld einsteckt, allen Schlangen ausweicht und das Ziel erreicht? Was soll man mit den Millionen anfangen, eingesperrt in diesem Tresorraum? Außerdem tun meine Hände weh, von den Kopfnüssen für Cholgi. Ziemlich dumm.

»Das ist langweilig«, sage ich und lasse mich nach hinten auf den Boden fallen. Auch Cholgi wirft den Würfel weg und legt sich hin. In diesem Moment hebt die Frau ihren Kopf und ruft: »Ich habe einen Plan.«

»Was für einen Plan?«, frage ich.

»Wie wir hier rauskommen, meine ich.«

»Wie denn?«, will Cholgi wissen und richtet sich auf.

»Ihr zwei seid für den Einbruch verantwortlich, und ich bin von euch hierher entführt worden. Das könnten wir aussagen. Also, ich musste wegen eurer Bedrohung und Erpressung hierher.«

Die Frau verstummt abrupt, wahrscheinlich hat sie den unterkühlten Blick von Cholgi bemerkt.

»Du blöde Kuh«, sagt er, »du denkst wohl, wir sind Schwächlinge, weil wir dich aus Mitleid weinen lassen. Hey, nur deinetwegen stecken wir in der Scheiße. Wenn du auch nur ein klitzekleines bisschen an Gewissen hättest, würdest du es niemals wagen, so etwas auch nur zu denken. So, so, du willst also deine eigene Haut retten.«

»Es ist, wie es ist. Und wir müssen nicht alle daran zugrunde gehen. Wenn einer von uns heil davonkommen kann, sollten wir das doch machen. Vorhin hast du was von Anstand erzählt. Das war also nur Geschwätz? Und zumindest ich könnte aus dieser Nummer unbeschadet herauskommen und mich um euch im Knast kümmern.«

Sie wirkt todesmutig. Beim Wort Anstand hat Cholgi kurz innegehalten. Der Typ wird von dem Wort irgendwie immer umgehauen. Kein Wunder, dass er sein ganzes Leben keine feste Freundin hatte und ständig von Frauen beschissen wird.

»Wollen wir es so machen, wie die da es sagt?«, fragt mich Cholgi.

»Hat man dir ins Gehirn geschissen? Glaubst du etwa, dass sich die da wirklich um uns kümmern wird, wenn wir im Knast sitzen? Hey, Cholgi, Cholgi! Komm zu dir. Die will sich alleine aus dieser Scheiße retten, und von so einer Schlange kannst du doch nicht ernsthaft irgendwas erwarten.«

»Nein, nicht deshalb. Es reicht doch, wenn wir zwei festgenommen werden. Wir müssen die da nicht unbedingt noch mit reinziehen, zumal die keine Vorstrafe hat. Das kann einem schon leidtun«, sagt er, als würde er mich damit besänftigen wollen.

»Und du mit deinem Anstand, hast du sie nicht vorhin wie ein Schläger verprügelt?«

»Mir ist vorhin nur kurz die Hand ausgerutscht, weil ich so wütend war. Du weißt doch, dass ich jähzornig bin. Also lassen wir sie einfach gehen.«

Ohne ihm zu antworten, drehe ich meinen Kopf in die andere Richtung.

»Du nennst dich Mann und bist so kleinkariert?«, hakt er nach.

»Wer hat uns denn in die Suppe gespuckt? Wenn das Miststück nicht wie eine durchgedrehte Irre den Holzblock weggekickt hätte, wäre jeder von uns gerade in einem Fünfsternehotel mit einer Venezolanerin beschäftigt. Und warum nicht mit Frauen aus Russland, den USA und den Philippinen? Wir hätten einen Schönheitswettbewerb veranstalten können. Und jetzt sollen wir in den Knast, und die da soll sich draußen weiter einen Bunten machen dürfen? Tut mir leid, aber dir macht das nichts aus?«

»Nun ja, das mit den Venezolanerinnen ist schon schade. Die Frauen von dort sind so schön. Bei der Wahl zur Miss Universe, wenn sie hübsch sind, sind sie immer aus Venezuela«, sagt er, als würde er es wirklich bedauern.

Wir hängen noch kurz dem Gedanken mit den Venezolanerinnen und dem Fünfsternehotel nach. Dann öffnet die Frau aus der Ecke schüchtern ihren Mund.

»Wenn ihr mich hier rausnehmt … dann mache ich es euch anstelle von denen.«

Mit diesen Worten verabschiedet sich Cholgis und mein Verstand.

»Was denn? Was willst du machen?«, fragt er vorsichtig.

»Venezuela …«, antwortet sie beinah lautlos.

Sie sagt Venezuela? Cholgi sieht mir in die Augen. Ich sehe ihm in die Augen. Auf einmal beginnen die Räder in meinem Kopf wie verrückt zu rattern. Venezuela. Venezuela. Venezuela. Wenn das so ist, sieht die Sache ganz anders aus. Na ja, Cholgi und ich landen sowieso hinter Gittern, und es bringt uns ja eigentlich nichts, wenn wir die Frau einfach aus Rachsucht mit reinziehen.

»Ist das dein Ernst?«, frage ich. »Wenn wir dich rausnehmen, dann machst du uns das?«

»Selbstverständlich meine ich das ernst. Aber ich kann es

nicht euch beiden machen. Es gibt doch noch so was wie Menschenwürde. Außerdem bin ich keine Prostituierte. Auf jeden Fall ist es unmöglich, es euch beiden zu machen.« Sie klingt entschlossen.

»Wer von uns soll es also kriegen?«, will Cholgi wissen.

»Behalt du mal deinen Anstand, Bruder«, entgegne ich ihm.

»Nein, das ist was anderes. Vorhin wäre es ja gegen ihren Willen gewesen, aber jetzt, wie sagt man das? Ja, im gegenseitigen Einvernehmen wäre das jetzt.«

Cholgi wirft mit Argumenten um sich, als ob er niemals das Feld räumen würde.

»Das macht ihr untereinander aus. Aber davor müssen wir uns absprechen, damit wir der Polizei dieselbe Geschichte erzählen.« In ihr Gesicht scheint neuer Lebensmut einzuziehen. Dann beginnt sie, in einem heiteren Ton zu diktieren, was wir der Polizei zu sagen hätten: »Unter Androhung von Waffengewalt musste ich also den Schlüssel für den Eingang und das Passwort für den Tresorraum rausrücken. Ihr habt mich bis hierher mitgeschleppt, damit ich euch nicht an die Polizei verpfeifen konnte. Aber da es mir nicht an Verstand mangelt und ich ein schnelles Auffassungsvermögen habe, gelang es mir, mit einem Fußtritt den Holzblock wegzustoßen, der die Tür aufgehalten hatte. Auf diese Weise konnte das Geld geschützt werden. Und man konnte die verruchten Räuber stellen. So ungefähr sollte die Geschichte laufen. Was haltet ihr davon?«

»Also, die verruchten Räuber, sind wir das?«, fragt Cholgi.

»Das ist nur pro forma.« Zum ersten Mal, seitdem die Tür zugefallen ist, strahlt die Frau.

Ich schlage einen Kompromiss vor: »Hm, Räuber, Waffen oder Drohung, das ist nicht unser Stil. So was Böses bringen wir nicht fertig. Lassen wir das mit dem Raubüberfall und der Waffe weg, sagen wir, wir haben dich nur ein bisschen erpresst?«

»Aber es wäre doch komisch, dass ich schon bei einer kleinen Erpressung den Schlüssel und das Passwort rausrücke.«

»Trotzdem darfst du nicht sagen, dass wir dich mit einer Waffe bedroht haben. Da kriegen wir eine härtere Strafe. Außerdem, wie schäbig muss man sein, um als Mann eine Frau mit einer Waffe zu bedrohen? So ein ehrloser Hund bin ich nicht«, sagt Cholgi entschlossen.

»Okay, okay, verstanden. Ich werde nur von verbalen Drohungen sprechen.«

Cholgi und ich überlegen kurz.

»Dann machst du uns das wirklich, ja? Das mit Venezuela meine ich«, will sich Cholgi noch einmal vergewissern.

»Aber ja«, sagt sie etwas gereizt. »Wie misstrauisch ihr seid!«

»In Ordnung. Was soll's? Lass es uns so machen«, sagt Cholgi gut gelaunt. Er wendet sich mir zu und fährt fort: »Im Leben muss man nicht so kompliziert denken. Jeder von uns hat was davon, also ist das eine gute Sache.«

»Na gut. Was soll's?«

»Dann bindet mich jetzt fest.«

»Was? Festbinden?« Ich bin verwundert.

»Man kann nie wissen, wann die Polizei hier reinschneit. Also muss ich hier ab jetzt gefesselt sitzen. Außerdem muss ich Spuren von den Fesseln haben, damit die Polizei keinen Verdacht schöpft.«

»Hui! Sie ist nicht dumm«, sagt Cholgi zu mir. »Sie denkt an solche Details. Wahnsinn!«

»Wie machen wir das dann mit Venezuela?«

»Na, dafür können wir die Fesseln doch kurz losbinden«, erwidert sie mit einem scheuen Lächeln.

Sie ist wirklich verdammt hübsch, wenn sie lächelt. Und auf ihrem Gesicht ist keine Träne mehr zu sehen. Wir holen ein Seil und binden ihr Handgelenke und Beine fest zusammen. Ihr scheint es jedoch nicht zu gefallen. Verärgert fährt sie uns an: »Aber wie ungeschickt ihr seid! Das sieht doch so aus, als wäre es nicht echt.«

Also sind wir gezwungen, sie wieder loszubinden. Dann fesseln wir sie ihrem Kommando folgend am Körper, an den Handgelenken, Armen und Beinen. Sie wackelt mit ihren Gliedmaßen und vergewissert sich, dass alles fest ist. Wenn irgendwo etwas locker ist, gibt sie die Anweisung, es straff zu ziehen, was wir auch tun.

»Es sieht aber zu fest aus. Das Blut kann bestimmt nicht gut fließen«, wirft Cholgi ein. Wahrscheinlich hat er beim Anblick der gefesselten Frau etwas Mitleid.

»Denke ich auch. Die Polizei wird erst am Montag kommen. Jetzt kann es noch etwas lockerer bleiben, oder?«

»Aber nein, so fühle ich mich wohler. Für den Fall der Fälle, dass die Polizei reingestürmt kommt.« Ihre Stimme klingt heiter.

Sie macht wirklich den Eindruck, als ob sie sich gefesselt deutlich wohler fühlt. Mir scheint sogar, dass sie jetzt immer fröhlicher wird. Schließlich bricht sie in Lachen aus wie in dem Moment, als wir die Tür zum Tresorraum öffneten.

Nun sitze ich Cholgi gegenüber vor dem Schlangenspielfeld, um als Partner für die schöne Venezuela-Nummer auserkoren zu werden. Der Würfel aus Gold liegt in der Mitte des Spielfeldes, und wir blicken uns gegenseitig tief in die Augen.

»Es ist doch lächerlich, mehrere Runden zu spielen. Wir regeln das mit einer einzigen Runde, einverstanden?«, fragt Cholgi.

Ich nicke. Nur eine Runde. Wer verliert, soll wie ein richtiger Gentleman Abstand halten und die Wand anstarren, bis die Sache mit Venezuela zu Ende ist. Wir räumen das Geld und die Juwelen weg, die verstreut in der Umgebung liegen.

Cholgi darf beginnen. Er würfelt. Dann bin ich dran, danach Cholgi und dann wieder ich. Wir schweigen. Ich habe das Gefühl, dass kalter Schweiß aus meiner würfelnden Hand läuft. Jedes Mal, wenn Cholgi es schafft, die Schlangen zu umgehen, und ein Stück weiterkommt, dörrt mein Mund weiter aus. Die Frau scheint neugierig zu sein, wer ihr Partner wird, jedenfalls ist sie in ihren Fesseln herangerobbt und sitzt nun neben uns am Spielbrett. Natürlich wird sie mich anfeuern. Ich habe immerhin die Oberstufe abgeschlossen, also bin ich besser als Cholgi, der in der Mittelstufe die Schule abgebrochen hat. Natürlich wird sie das tun. Ich bin als Erster im 90er-Bereich angekommen, aber sofort rutsche ich an einer langen Schlange wieder herunter. Ich hasse diese Schlange. Wie kann sie so herzlos sein? Ich habe Angst vor ihr. Aber auch Cholgis Figur rutscht an der 97er-Schlange bis auf die 40 herunter. Jetzt bin ich der Schlange dankbar. Sie ist so liebenswert. Ich bedanke mich bei ihr. Wir gleiten an den Schlangen hoch und rutschen wieder herunter, immer und immer wieder.

Im Moment bin ich an der 94, nachdem ich an vielen Schlangen vorbeigegangen bin. Auf 95, 97 und 99 ist jeweils eine Schlange. Ach, diese scheußlichen, gemeinen Schlangen, die da wimmeln! Aber egal. Wenn mein Würfel jetzt eine Sechs zeigt, gehört diese Venezolanerin mir. Ich hebe meine Hand mit dem goldenen Würfel. Aus Cholgis Augen spricht blanke Nervosität. Auch die Frau ist angespannt. Ich zwinkere ihr selbstzufrieden zu und umkralle den Würfel so fest, wie ich kann. Ich bete und bete bei den Göttern des Himmels und der Erde, bei meinen Ahnen, bei Allah, bei Buddha, beim Herrgott und bei allen Göttern, die ich sonst noch kenne.

»Von nun an brauche ich nichts mehr. Weder Geld noch ein schickes Auto. Nur eines wünsche ich mir, dass mir jetzt eine Sechs gegeben wird. Ihr alle habt mir doch nie irgendwas in meinem Leben geschenkt. Also gebt mir jetzt bitte eine Sechs! Ich flehe euch an, bitte eine Sechs, ja?«

Ich werfe den Würfel in die Luft. Der goldene Würfel schwebt glänzend unter dem Halogenlicht. Er dreht und dreht sich in der Luft. Was? Was ist es? Was ist es geworden? Mir rutschen die Worte aus dem Herzen.

»Bitte, Sechs. Nur einmal, Sechs!«

DAN VALJEAN STREET

1

Es regnet.

Die Holzhäuser, die durch das Fenster zu sehen sind, werden langsam nass. Die Wäsche, die niemand abgenommen hat, hängt entlang der Gasse auf den Leinen. Sie sieht so trist aus wie ein Zug von Trauernden. Ich sitze auf dem Fensterbrett und zünde mir eine Zigarette an. Alles in meinem Kopf ist durcheinander. Er fühlt sich dumpf und trübe an, als ob sich eine riesige Nebelbank darin ausgebreitet hätte, und ich kann keinen einzigen klaren Gedanken mehr fassen. Tock, tock. Ich hämmere mit den Fäusten gegen meinen Schädel. Der Nebel in meinem Kopf will sich nicht lichten. Vielleicht würde es besser werden, wenn man ihn mit einem Baseballschläger verdrischt. Das könnte klappen. Wahrscheinlich ist er in diesem Zustand, weil ich zu viele Schmerztabletten genommen habe. Immer, wenn es in meinem Kopf chaotisch wird, nehme ich Tabletten, und danach wird es noch chaotischer. Das ist jedes Mal so.

In der Gasse ist niemand zu sehen. Hier leben die Ladys und Barkeeper der Klubs, die Bands und Gauner und die zwielichtigen Typen, die vor den Klubs Passanten anquatschen und reinlocken. Hier wohnen die Menschen, die frühmorgens einschlafen, aber keine, die frühmorgens aufstehen. Überall sonst in dieser Stadt mögen die Leute viel Wind darum machen, morgens zur Arbeit zu gehen, aber in dieser Gasse herrscht noch tiefste Nacht. Nur ich stehe jeden Tag früh auf, trinke ein Dosenbier oder beobachte mit einer Zigarette in der Hand die Gasse. Nicht, dass ich das gern tue. Zurzeit gelingt es mir nur nicht, tief und lang zu schlafen. Selbst wenn ich besoffen in einen komatösen Schlaf falle, gehen meine Augen ausnahmslos nach ein paar Stunden wieder auf. Mein Problem ist nicht, dass ich wegen des Schlafdefizits müde werde oder so. Ich brauche von Natur aus wenig Schlaf. Was mich wirklich ärgert, ist, dass ich länger die Augen offen halten muss als andere Menschen. Länger wach zu sein ist einfach Mist.

Ich blicke auf den »schwermütigen Mülleimer«, der einsam in der Gasse steht. Vielleicht liegt es am Regen, jedenfalls sieht er heute besonders bedrückt aus. Der schwermütige Mülleimer ist der Spitzname für den städtischen Abfallkorb. Unklar ist, wer ihm diesen Namen gab, aber er ist wirklich bezeichnend. Würde man sich den Müll genauer anschauen, würde man auch verstehen, warum. Ich beobachte schon eine ganze Weile, wie eine Katze ihn durchwühlt. Sie hakt sich mit ihren Krallen in einer schwarzen Plastiktüte fest und versucht mit aller Kraft, sie aufzureißen. Sie schnüffelt daran. Was sie wohl sucht? Falls sie auf der Suche nach Futter ist, wird ihre Mühe vergebens sein. Darin wird sie nur

Einwegspritzen, Damenbinden, Pillenblister, Kondome, Verpackungen von Kosmetika und zerrissene Slips finden. Selbst mit größtem Hunger darf sie so etwas nicht fressen. Sie merkt jetzt, dass sie jemand beobachtet. Schlaues Tier. Sie wirft einen Blick auf mich, um sich zu vergewissern, wer es ist. An ihrer Stelle hätte ich das auch getan. Nein. Hätte ich nicht. Ihre Augen sind wachsam. Sie zeigen, dass sie sich auf keinen Fall die Tüte wegnehmen lassen will. Solche ruhelosen Augen habe ich irgendwann schon einmal gesehen. Aber wo? Wo war das? Ich öffne meine Lippen ein winziges bisschen und murmele in Richtung der Katze: »Mach dir keine Sorgen. Ich werde dir deine Mülltüte nicht wegnehmen. Ich brauche sie nicht, also kannst du alles haben.«

Im Wind knarzen alle Holzbauten wie ein schauriger Chor. Ich wünschte, ein Taifun würde sämtliche Häuser in dieser Gasse einfach wegfegen. Dann könnte ich den Ort hier verlassen. Ich zünde die zweite Zigarette an, schütte eine Handvoll Tabletten in mich hinein und trinke einen Schluck Dosenbier.

»Mach das Fenster zu. Der Wind zieht sonst rein.«

Eine Frau ist da. Sie liegt im Bett. Anders als ich braucht sie viel Schlaf. Also muss sie noch länger schlafen. Sie ist eine der Ladys. Und auch meine Geliebte. Nein. Ich bin mir nicht sicher, ob sie meine Geliebte ist. Irgendwann kam sie in mein Zimmer und blieb einfach hier wohnen. Sie benutzt meine Zahnbürste, und meine Hemden trägt sie als Schlafanzug. Sie bestimmt auch das Fernsehprogramm. Wir haben uns nie gesagt, dass wir zusammen sein wollen. Auch nicht, dass wir aus Liebe zusammenziehen sollten. Sie und ich, wir sind irgendwie in diese Lage gerutscht. Einmal waren wir beide stockbesoffen. Ob wir uns beim Betreten meiner Wohnung gegenseitig gestützt haben oder sie mich gestützt hat oder ich sie, daran kann ich mich nicht mehr erinnern. Wie auch immer, sie kam in meine Wohnung und konnte feststellen, dass keine Frau das Zimmer mit mir teilte. Sie blieb dann den nächsten und übernächsten und auch den überübernächsten Tag und ging nicht wieder. So etwas passiert hier in dieser Gasse oft. Ein Barkeeper und eine Lady. Das klingt schon ziemlich abgedroschen.

»Bist du taub? Ich hab gesagt, du sollst das Fenster zumachen.«

Sie hat ein blaues Auge. Hatte ich sie etwa geschlagen? Ich weiß es nicht genau. Ich kann mich beim besten Willen nicht erinnern. Gestern hatte ich zu viel getrunken. Also ist es durchaus möglich. Genauso gut kann es aber auch sein, dass sie von einem Kunden geschlagen worden ist. Vielleicht kann auch sie sich nicht mehr erinnern. Es sieht aber nicht schlimm aus. Mit etwas Make-up könnte sie es überdecken und weiterarbeiten. Solange sie verkaufen kann, wird sie sich nicht so sehr um das Veilchen scheren. Ich trinke die Dose leer und drücke die Zigarette aus. Dann schließe ich vorsichtig das Fenster, damit es ja kein Geräusch macht.

Sie war gestern stockbesoffen, kam erst im Morgengrauen und übergab sich im Rausch sogar dreimal an der Straßenlaterne. Dann brüllte sie eine ganze Weile wie am Spieß, dass die Welt doch irgendwie zum Kotzen sei. Im Zimmer von einer Absteige über der Apotheke ging daraufhin das Licht an. Ein Mann steckte seinen Kopf raus und schrie: »Hey Schlampe, wenn du voll bist, dann hau dich verdammt noch mal aufs Ohr!« Sie sah hoch. »Du Arschloch, komm doch runter. Fick mich, wenn du dich traust.« Aber er kam nicht. Zum Glück, denn wenn er gekommen wäre, hätte sie sich tatsächlich von ihm ficken lassen. Das traue ich ihr zu. Weil er aber nicht kam, pöbelte sie weiter: »Arschloch. Kann nicht mal ficken. Was für ein Wichser!« Dann torkelte sie in Richtung unseres Hauses, klammerte sich an den schwermütigen Mülleimer und übergab sich wieder. Sie setzte sich auf die Holzstufe und jammerte aus unerfindlichen Gründen noch eine ganze Weile wie eine Katze. Zum Schluss pisste sie noch irgendwo an die Stufe und kam dann ins Zimmer. Sie zog ihren Rock aus und warf ihn achtlos in die Ecke.

»Warum ziehst du keinen Slip an?«, fragte ich. »Irgendein perverser Wichser hat ihn mitgenommen. Was ist?« Mir wollte einfach nicht in den Kopf, wozu man einen Slip mitnimmt. Vermutlich stecken solche Typen die Slips in den Topf, wenn sie Hühnerbrühe kochen. Sie nahm mein Whiskyglas und trank es in einem Zug aus. Dann spuckte sie einmal auf den Boden und fragte: »Du, du hast mit dieser Schlampe Mi-sook geschlafen, oder?« Durch die Tränen war ihre Wimperntusche hässlich verschmiert. Habe ich mit Mi-sook geschlafen? Ich weiß es nicht. Vor ein paar Tagen hatte ich nach Feierabend was mit ihr getrunken. Was danach passiert ist, ist vollständig aus meinem Kopf verschwunden. Ich trinke mich jedes Mal um den Verstand. »Du Bastard, raus mit der Sprache. Hast du mit ihr geschlafen oder nicht?« Sie packte mich am Kragen und bedrängte mich immer weiter. Ich konnte es nicht fassen. Sie hatte irgendeinem Gauner ihren Slip geschenkt und stellte mich wegen einer Sache zur Rede, an die ich mich nicht mal mehr erinnern konnte. »Du schläfst doch mit jedem«, entgegnete ich. Sofort ließ sie meinen Kragen los. Ihre Tränen, schwarz von Wimperntusche, rannen ihre Wangen herunter. »Mistkerl, das ist mein Job.« Sie setzte an, um noch etwas zu sagen, dann ging sie einfach zum Bett und ließ sich fallen. Sie schlief sofort ein.

Am Fenster sitzend, leerte ich noch fast zwei Flaschen Whisky, die die Kunden übrig gelassen hatten. An das, was danach geschehen ist, kann ich mich wieder nicht erinnern. Als ich am Morgen aufwachte, lagen die Flaschen zerbrochen auf dem Boden. Auf meiner Stirn war eine Kruste von Blut auszumachen und auf ihrem Gesicht ein blauer Fleck. Hat sie mir die Flaschen auf den Kopf geschlagen und ich aus Wut in ihr Gesicht? So muss es ungefähr abgelaufen sein. Weil es immer so abläuft. An das, was tatsächlich geschehen ist, kann ich mich überhaupt nicht erinnern. Auch sie weiß bestimmt nichts mehr, weil sie so sturzbesoffen war. Zum Glück. Es ist besser, wenn man schlimme Dinge vergisst. Mein Kopf ist ohnehin so voll mit diesem komischen Nebel, dass er bald platzt.

Ich zünde mir eine weitere Zigarette an, öffne ein Bier und beobachte weiter die Katze, die im schwermütigen Mülleimer wühlt. Ob ich ihr einen Namen geben sollte? In dieser Gasse hat alles einen erfundenen Namen, sei es die Ampel oder eine der Mauern. Irgendwann haben die Mädchen angefangen, alle möglichen Dinge zu taufen. Meiner Meinung nach taten sie das, weil sie sonst nichts zu tun hatten. Sie spielen Karten oder schwatzen, um die öde Zeit am Nachmittag totzuschlagen. Währenddessen verteilen sie Namen an alle möglichen Sachen. Zum Beispiel heißt das Bushaltestellen-Schild »Schild mit Regelblutung«. Abgekürzt wird es auch »Damenbinde« genannt. Die hoch verschuldeten Ladys, die von ihren Zuhältern weglaufen wollen, werden komischerweise immer genau an diesem Schild gefangen und anschließend verprügelt. Und lokale Gangster, die in Streitereien geraten, bekommen ebenfalls an diesem Schild das Messer zu spüren. Die betrunkenen Ladys stoßen sich ihre Köpfe unweigerlich an ihm. Sie meinen immer, dass man einen Schamanen holen sollte, damit er genau vor dem Schild einen Exorzismus für eine gute Entwicklung der Gasse abhält. Neben dem Schild steht die »Laterne ins Leere«. Normalerweise wird sie aber einfach »Leer« genannt. Tagsüber flimmert sie ins Leere und geht dann kurioserweise nachts aus. Auf jeden Fall sind die Namen dank der Mädchen allesamt total absurd. Wenn Ortsfremde nach dem Busterminal fragen, würden die Mädchen antworten: »Biegen Sie an der Damenbinde rechts ab, dann sehen Sie Leer. Von dort gehen Sie immer geradeaus.« Na ja, in dieser Gasse benutzt jeder einen falschen Namen, also ist es nichts Besonderes, wenn auch die Laterne einen erdachten Namen hat. Die Gasse heißt »Dan Valjean Street«. Damals, als ein Gauner namens Dan Valjean Boss dieser Gasse war, sollen die Ladys sie so getauft haben. Wie allem anderen hier sollte man auch dieser albernen Legende nicht glauben. Dieser legendäre Verbrecher hatte in seinem Leben viele üble Taten begangen. Er tat viel Böses, landete im Knast, tat wieder ein bisschen Böses und landete abermals im Knast. Er lebte ein bescheuertes Leben wie alle anderen Verbrecher aus der Gegend, die auf diese Weise ein immer länger werdendes Vorstrafenregister hatten. Aber eines Tages saß er wegen einer Verstopfung lange auf dem Klo und sah durch die Gitter im Knast den Mond leuchten. Dabei kam ihm ein Gedanke: Was ist das für ein

Leben, das ich führe? So kann ich nicht weiterleben, ich darf nicht so bleiben wie dieser Müll. Als er in die Gasse zurückkam, wurde er zu einem Gangster, der sich für die Ladys und die Verbesserung ihrer Lebensverhältnisse einsetzte. Etwa so geht die Legende. Anders gesagt, war er also ein Zuhälter, der etwas großzügiger war als andere. Er behauptete, dass er wie Jean Valjean aus dem Roman *Les Misérables* neugeboren war, und wünschte sich, dass ihn die Ladys Jean Valjean nennen. Die nannten ihn aber wegen seiner Haare nur Dan Valjean[1], denn die waren immer kurz und seine Beine noch kürzer. Die Geschichte handelt also von einem dahergelaufenen Kriminellen mit kurzen Haaren und kurzen Beinen. Dan Valjean war längst erstochen worden, als ich in die Gasse zog. Vielleicht hatte er Drogen für sich beiseitegeschafft, Schulden bei einem Kredithai nicht zurückgezahlt oder er war wegen eines Mädchens mit einem anderen Gauner in Streit geraten. Und wenn das alles nicht zutrifft, dann ist er besoffen in einen Gully gefallen. So etwas geschieht hier sehr oft. Selbst nach seinem Tod nennen die Ladys diese Gasse »Dan Valjean Street«. Ich habe ihn zwar nie gesehen, aber trotzdem denke ich, dass der Name besser passt als Uwe-Jürgens-Weg oder Roland-König-Straße. Das ist natürlich nur meine Meinung.

Was spielt der Name der Gasse schon für eine Rolle? Ich weiß nicht einmal den echten Namen der Frau, die immer noch in meinem Bett schläft. Am Anfang sagte sie, sie heiße Mi-na, dann war sie Un-jeong, dann Eun-sil. Die Namen

---

[1] Jean Val klingt im Koreanischen ähnlich wie langes Haar, Dan Val wie kurzes Haar.

werden immer altmodischer, sodass ich annehme, dass wir uns langsam der Wahrheit annähern. Im Laden nennt sie sich Ja-u. Um ehrlich zu sein, interessiert mich ihr echter Name überhaupt nicht. Eun-sil könnte es sein, aber was spielt das schon für eine Rolle? Selbst wenn ich sie in zehn Jahren vermissen würde, wäre es ausgeschlossen, sie unter ihrem echten Namen zu finden. Na ja, gut, in zehn Jahren wird sie sich nicht einmal mehr an mein Gesicht erinnern.

2

Freitag. Der Tag, an dem Jack in den Laden kommt.

Womöglich kommt die Kröte auch. Freitags ist im Laden immer viel los. Dann muss ich entweder die Mädchen von Jack oder die von der Kröte holen. Wenn ich Pech habe, die von beiden, damit die Zahl stimmt. Mit den Ladys kommen auch Jack und die Kröte mit. Über keinen der beiden freue ich mich. Auch die beiden werden sich nicht freuen, wenn sie sich sehen. Sobald Jack kommt, muss ich frische Eiswürfel und ein rundes Glas für einen Whisky on the rocks bereithalten. Außerdem muss ich beim Lieferanten anrufen und ein paar Flaschen Jack Daniels ordern. Keine Fälschungen, in die koreanischer Whisky reingemixt und der Deckel wieder zugeschraubt wurde, sondern echten Jack Daniels. Ein argloser Barkeeper hatte ihm aus Versehen einmal gestreckten Whisky serviert. Nachdem er davon getrunken hatte, soll er ihm einen Zahnstocher in sein Auge gestoßen haben. Das ist eines von vielen Gerüchten, die hier über Jack in Umlauf sind. Und diese Gerüchte sind, wie die meisten, die hier herumschwirren, nicht ganz glaubwürdig. Dennoch ist es gefährlich, Jack falschen Whisky zu servieren. Wenn man mit heilen Augen, ganzer Nase und beiden Ohren im Sarg landen möchte, ist es besser, auf alles in dieser Gasse zu achten.

Jack ist sein Spitzname. Vielleicht, weil er ausschließlich Jack Daniels trinkt. Man nennt ihn auch den einäugigen Jack oder einfach nur Jack. Ist er nicht anwesend, auch gern mal Einäuglein-Jack. Bereits seit zehn Jahren herrscht er in dieser Gasse. Viele Brüder wurden erstochen, wanderten in den Knast oder sind abgehauen, aber Jack hat überlebt. Ein Auge hat er zwar verloren, außerdem ist er für einen Ganoven bereits etwas alt, dennoch scheint er nicht daran zu denken, sich ein anderes Auskommen zu suchen. Als Beschützer in dieser Gasse hat er ein langes Leben, weil er nicht zu habgierig ist. Auch mit den Mädchen hat er kein so großes Geschäft und mit Drogen oder Schmuggel gar nichts zu tun. Er hat immer nur vier oder fünf Ladys unter sich und schickt sie als Hostessen in Klubs oder Hotels, damit sie einen Teil ihrer Einnahmen an ihn abtreten. Weil er von einigen Geschäften die Finger lässt, müssen ihn die Banden nicht fürchten. Manchmal erkennt er ihren Boss nicht, sodass die Gang in Verlegenheit kommt. Aber außer dieser einen Sache macht Jack im Großen und Ganzen keine Probleme.

Die Kröte allerdings ist ein etwas verkommener Kerl. Er sieht schäbig aus, sein Charakter ist allerdings noch schäbiger. Er übernimmt jede Drecksarbeit, wenn sie nur Geld bringt. Er handelt am Hafen mit Drogen und macht Geschäfte mit Schmuggelware aus China. Bis vor Kurzem hat er auch bei Betrügereien mit Reisepässen für koreanischstämmige Chinesen mitgemacht. Es kursiert außerdem das Gerücht, dass er seine Finger im Organhandel hat. Wenn irgendwie möglich, sollte man mit ihm besser nichts zu tun haben. Früher oder später wird er von hier verschwinden. Wer so unverschämt eigenmächtig handelt, kann hier nicht lange überleben.

Es ist Freitag. Schlecht. Freitags kommen die Büroangestellten in Scharen. Ganze Teams gehen zusammen einen trinken, und die Chefs werden von allen möglichen Leuten bewirtet. Es mangelt sowieso immer an Ladys, aber dazu regnet es jetzt auch noch. Immer wenn es regnet, bekommen alle Mädchen wohl ihre Tage. Sie werden hysterisch und machen Theater, weil sie nicht als Escort-Girl in Hotels mitgehen wollen. Mitten am Tisch brechen sie in Tränen aus oder geraten wegen jeder Kleinigkeit mit den Kunden aneinander. Darüber hinaus hat das beliebteste Mädchen unseres Ladens ein blaues Auge. Verdammt, ich wünschte, Freitage würden für immer von dieser Welt verschwinden.

3

Rechts an der Bar sitzt Jack, in der Mitte die Kröte mit weiblicher Begleitung. Am linken Rand hat Herr Baek Platz genommen, ein pensionierter Kommissar. Schlimmer kann die Kombination gar nicht sein. Keiner wird für Umsatz sorgen, und keiner ist nett. Alle sind Ekelpakete. Die Frau neben der Kröte ist neu hier und sieht so außergewöhnlich billig aus, dass sie wirklich gut zur Kröte passt. Ich stehe stillschweigend in der Mitte der Bar. Hach, stillschweigend sag ich. Wie lächerlich. Als ob ich hier tatsächlich was äußern könnte.

»Die Eiswürfel sehen irgendwie dreckig aus, oder?«, fragt mich Jack.

Etwas durcheinander frage ich mich, wie er das meint. Zurzeit verstehe ich überhaupt nichts, wenn ich es nur einmal höre. Das liegt an meinen Kopfschmerzen. Ich habe keine andere Wahl, als mit »Wie bitte?« zu antworten, woraufhin er auf die Eiswürfel zeigt. Erst jetzt verstehe ich ihn.

»Das sind keine gekauften«, sage ich mit einem Nicken. »Ich habe sie mit gefiltertem Wasser im Tiefkühlfach selbst gemacht.«

Er hebt sein Glas, inspiziert das Eis und nickt schließlich. Dann holt er einen Würfel daraus und wirft ihn auf den Boden.

»Selbst gemachte Eiswürfel. Gut. Das nenne ich Redlichkeit. Für meinen Whisky bitte immer mit drei Eiswürfeln! Merk dir das gut, Kleiner.«

Ich werde es mir merken, denn wenn ich an beiden Ohren einen Ohrring tragen möchte, sollte ich mir solche Worte in mein Gedächtnis einbrennen. In seiner tiefen Stimme scheint unterschwellig immer Verachtung für sein Gegenüber mitzuschwingen. Ich mag sie nicht.

»Wenn du verstanden hast, solltest du antworten«, sagt Jack.

Ich habe keine sonderliche Lust darauf. Meine Zunge bewegt sich jedoch wie von selbst: »Jawohl, ich habe verstanden.« Meine Stimme ist so höflich, dass ich mich fast selbst erbärmlich finde. Jack macht den Eindruck, dass ihm meine Antwort genügt, und tippt mit seinen Fingern im Takt der Musik.

Links an der Bar trinkt Baek, der hier lange vor meiner

Zeit als Barkeeper Kommissar war. Ich habe ihn erst als Pensionär kennengelernt. Warum mein Chef dem Typen kostenlose Drinks spendiert, kann ich nicht sagen, zumal er weder aktiver Kommissar noch einer der Ganoven ist.

Die Kröte und sein Weib in der Mitte sind heute am nervigsten. Er hat immer wechselnde Models bei sich. Keine Ahnung, wo er die immer herholt. Neue Ladys begleiten ihn dann ungefähr eine Woche lang. Das nennt er Ausbildung. Seine Hand wandert gerade unter ihren Rock. Manchmal knetet er auch ihren Busen. Er ist ein sehr fleißiger Ausbilder, die Frau weigert sich aber auch nicht sonderlich. Außerdem scheint es sie nicht zu kümmern, ob sie jemand beobachtet. Stattdessen lacht sie bei jedem Satz der Kröte mit übertriebenen Gesten, was sie vulgär erscheinen lässt. Ich schätze, sie ist die billigste unter den billigsten.

»Soll ich was zum Knabbern hinstellen?«, frage ich die Kröte.

Der übergeht meine Frage komplett, grinst nur und umfasst die Wange der Frau. Sie platzt gleich vor Lachen. Die Kröte holt eine Zigarette aus seiner Lederjacke. Ich halte ein Feuerzeug bereit, aber er nimmt sein eigenes Zippo aus der Tasche.

»Bist du immer so unterwürfig?«, will die Kröte von mir wissen.

»Er ist doch so ein braver Kleiner, hahaha«, tönt die Frau dazwischen.

Vielleicht war die Lache der Frau zu laut, jedenfalls wendet Jack seinen Kopf und wirft einen Blick auf sie. Ich gebe keine Antwort. Es ist auch egal, weil die Frau für mich geantwortet hat. Die Kröte spricht mich nicht wieder an. Zum

Glück. Jetzt kann ich unter irgendwelchen Vorwänden die Bar verlassen und behaupten, dass ich im Raum oder im Lager was suchen müsse. Mit einem trockenen Tuch poliere ich die Tische und murmele wie im Selbstgespräch: »Oh, die Servietten sind ja alle.«

»Du lebst angeblich mit Ja-u zusammen?«, fragt die Kröte.

»Wir teilen eher die Wohnung, als dass wir zusammenleben.«

»Hu…ren…sohn. Das ist doch das Gleiche.«

Ich schweige.

»Ja-u war früher eines meiner Mädchen. Hat sie das nicht erzählt?«

»Ich weiß das, auch wenn sie es nicht erzählt hat.«

»Ist sie immer noch so gut im Bett?«

Ich schweige wieder.

»Ich hab dich gefragt, ob sie auch so trickreich wie mit den Kunden ist, wenn du sie fickst.«

Ich schweige weiter.

»Dieser Mistkerl hält meine Worte für den Schwanz seines Vaters, oder was? Wenn man dich höflich fragt, solltest du antworten, du Schwanzlutscher.«

»Was war die Frage?« Meine Stimme ist etwas zittrig.

»Ha! Hört euch den Bastard an!«

Die Kröte steht auf und packt mich am Kragen. Seine Hände zerdrücken meine Fliege, und ich bekomme nicht genug Luft. Er ist es gewohnt, Leute am Kragen zu packen. Es mag komisch klingen, aber auch ich bin es gewohnt, dass mich Leute so packen. Die Kröte holt ein Messer aus seiner Lederjacke und hält es mir ans Gesicht. Die Klinge fühlt sich kalt an. Mein Blick springt zwischen Jack und Baek hin und her, was nicht heißen soll, dass ich von denen Hilfe erwarte.

»Ob Ja-u gute Techniken verwendet, wenn du sie kostenlos fickst«, fragt die Kröte erneut.

Die Klinge gleitet langsam an meiner Wange herunter.

»Nein, tut sie nicht. Wir machen es so wie die anderen. Einfach so, ganz normal. Und wir machen es gar nicht so oft, weil wir beide immer so müde sind.«

Die Frau neben der Kröte grinst. Es ist schlimm. Die Kröte wirkt zufrieden und lässt mich los. Meine Fliege findet gleich in ihre ursprüngliche Form zurück. Aus Spaß tut er so, als würde er mir das Messer in den Bauch rammen. Dann steckt er es zurück in die Jacke.

»Na, kotzt es dich an, häh? Dann stich zu. Na los.«

Aus welchem Grund auch immer holt die Kröte das Messer wieder raus und gibt es mir. Mechanisch nehme ich es an mich. Ich habe absolut keine Ahnung, warum er mich jedes Mal beleidigt. Wahrscheinlich gefalle ich ihm nicht. Ich gefalle mir genauso wenig. Vielleicht liegt es daran, dass er eine Frau bei sich hat. Er will immer protzen, wenn er eine dabeihat. Abwechselnd sehe ich das Messer und die Kröte an. Er macht eine Geste, als solle ich zustechen. Er scheint darauf zu warten, dass ich mit der Faust zuschlage. Dann hätte er einen Grund, mich windelweich zu prügeln. Mir ist aber klar, dass ich nicht gegen ihn ankomme. Er ist ein Profi, wenn es ums Prügeln geht. Ich weiß nur nicht genau, wie gut er ist. Ich habe ihn noch nie kämpfen sehen, sondern nur hier und da mal was gehört. Vermutlich ist er gar nicht so übel, weil er in dieser Gegend allein mit seinen Mädchen zurechtkommt. Ich halte das Messer fest, das er mir in die

Hand gedrückt hat. Möglicherweise schaffe ich es, es ihm in den Bauch zu rammen. Es kann doch nicht sein, dass das nicht geht, nur weil es sein Bauch ist. Aber die Probleme würden danach anfangen. Ich muss zu Vernehmungen der Polizei, muss mir meine Fingerabdrücke abnehmen lassen und werde für eine Zeit hinter Gittern vergammeln. Und was würde ich nach der Entlassung noch tun können? Dann wäre ich zu alt, um Barkeeper zu sein. Und ich verfüge über keine Talente, um vorbestraft irgendwo zurechtzukommen. Das ist immer das Problem. Wer sich viele Gedanken macht, bevor er auf jemanden einsticht, kann nie einen Streit gewinnen. Ich reiche der Kröte sein Messer artig zurück, und er nimmt es grinsend an sich.

»Wenn ich Typen wie dich sehe, kriege ich einen Brechreiz. Du bist ein Mann und hast doch keinen Mumm. Als ein echter Mann muss man etwas riskieren, egal, wie hoch die Gewinnchancen sind. Meinst du nicht?«, fragt die Kröte und zieht einen Mundwinkel hoch.

Ich antworte nicht und zeige nur ein Lächeln.

»Meinst du nicht? Das war eine Frage, du Arschloch.«

»Ja, Sie haben recht.«

»Na dann, los. Mach doch. Ich sag dir dann, ob du ein echter Kerl bist oder nicht.«

»Ach, komm schon«, sagt die Frau der Kröte. »Das kannst du doch dem Kleinen nicht antun, hihihi.«

Eine hinterhältige Schwägerin ist schlimmer als die übelste Schwiegermutter. Dieser Spruch stimmt. Am liebsten möchte ich diesem Weib das Plappermaul rausreißen, die Titten zusammenpressen und zum Platzen bringen. Baek grinst ununterbrochen, als würde er das alles unglaublich lustig finden. Inzwischen knetet die Hand der Kröte wieder den Busen der Frau. Gern würde ich jetzt einen Schluck nehmen. Und eine Kopfschmerztablette könnte ich auch gebrauchen. Verdammt!

Nun mischt sich Jack aus der rechten Ecke ein: »Was weißt du schon von echten Kerlen?«

Dann wendet er sich halb schräg in Richtung Kröte, und diese stiert ihn eine Weile an, als wäre er verwundert. Ja, auch ich bin perplex. Denn Jack mischt sich sehr selten in Angelegenheiten ein, die nichts mit seinen Mädchen zu tun haben.

»Hey, Mister, was labern Sie da gerade?«, fragt die Kröte.

»Ich fragte, was du schon von echten Kerlen weißt«, entgegnet Jack. »Wenn ich das hier so sehe, habe ich nicht den Eindruck, dass du viel Ahnung davon hast. Du bist nur ein Gauner. Ein schmieriger Gauner, der mit seinem Messer spielt und einen schwächeren Kerl schikaniert.« Jack schwenkt sein Glas.

»Ha, ich drehe gleich durch. Hey, du alter Sack. Du willst wohl gleich einen Abgang machen? Nur wegen deines beschissenen Alters lasse ich dich in Ruhe. Du solltest gefälligst deinen Alkohol saufen oder dir Mühe geben, ein guter Liebhaber zu sein. Misch dich nicht in fremde Angelegenheiten ein. Dann hast du ein langes Leben.«

Für eine Weile herrscht Stille. Sein Stolz ließ die Kröte grob reden, aber vermutlich hat er doch etwas Angst vor Jack. Der ist zwar alt, aber nicht ohne. Die ganze Zeit grinst er in Richtung der Kröte, was man aber nicht so richtig deuten kann. Es wirkt, als würde er ihn auslachen. Die Kröte leert ihr Glas in einem Zug. Dann dreht er sich zu Jack: »Dein linkes Auge hast du doch nicht im Kampf verloren. Beim Versuch einer Vergewaltigung hat dir eine Frau ins Auge getreten. Oh Mann, wie peinlich, ein Äugelein bei der Weiberjagd zu verlieren.«

Sofort gefriert der Gesichtsausdruck der Kröte. Selbst er muss gemerkt haben, dass er zu weit gegangen ist. Doch Jacks Gesicht zeigt keine Regung.

»Es ist egal, ob ich ein Auge habe oder zwei«, erwidert Jack mit einem gelassenen Lächeln, »selbst mit einem Auge kann man ein echter Kerl sein.«

»Was willst du damit sagen, verdammt?«

»Dass du die ganze Zeit von echten Kerlen schwafelst, geht mir auf die Nerven. Es interessiert mich, ob du davon eine Ahnung hast.«

Abrupt steht die Kröte auf. In seiner rechten Hand hält er bereits sein Messer. Jack bleibt jedoch ruhig auf seinem Platz sitzen.

»Hier oder draußen?«, fragt die Kröte.

»Du bist immer so einfallslos. Auf diese Art bekommt man nicht raus, wer ein echter Kerl ist. Ein Spiel, bei dem der Stärkere gewinnen wird, dürfen echte Kerle nicht beginnen. Es ist doch selbstverständlich, dass der Stärkere gewinnt. Das ist unfair und gemein. Genauso wie du. In meinen Augen bist du meilenweit von einem echten Kerl entfernt. Du bist nichts anders als ein gemeiner Gauner.«

»Dann bestimmst du die Art des Kampfes. Egal was, mit einem Rentner wie dir werde ich schon fertig.«

Nun steht auch Jack auf und kommt auf die Kröte zu. Er holt ein Messer aus seiner Jackentasche und rammt es in die Mitte des Tresens. Dann legt er eine Münze daneben. Das

Licht von der Decke der Bar verleiht dem Messer und der Münze einen seltsamen Glanz.

»Es gäbe da ein passendes Spiel«, erwidert Jack. »Ich habe auch nur davon gehört, als ich im Knast saß. Selbst gespielt habe ich es noch nie, auch nicht zugesehen. Aber die Regeln sind ganz einfach. Wir werfen die Münze, und wer verliert, schneidet sich einen Finger ab. Nehmen wir an, es wird Kopf, dann schneide ich mir einen ab, bei Zahl du. Wenn du lieber Kopf möchtest, können wir es auch andersherum machen. Wer zuerst mit dem Spiel aufhören möchte, verliert. Wir haben beide alle Finger, also wird das Spiel zu Ende sein, bevor wir zwanzig Mal geworfen haben. Das ist ein faires und ehrliches Spiel. Traust du dir das zu?«

Die Kröte schweigt. Er scheint über Tricks nachzudenken. Bei Zahl verliert er seinen Finger, bei Kopf Jack. Offenbar führt das für die Kröte zu nichts. Und auch nicht für Jack.

»Was ist? Du sagtest, ein echter Mann sollte etwas riskieren, ohne zu viel nachzudenken, ganz gleich, ob man eine Gewinnchance hat oder nicht«, sagt Jack lächelnd.

»Mach das nicht. Das ist doch verrückt«, wirft die Frau der Kröte ein.

»Du hast wohl Angst. Na ja, was kann ein gewöhnlicher Gauner wie du schon von echten Kerlen wissen. Dann lass gut sein.« Jack nimmt die Münze und das Messer.

Pfeifend geht er mit seinem Glas zurück zu seinem Platz. Er scheint gute Laune zu haben.

»Kleiner, schenk dem Kommissar ein Glas vom guten Jack Daniels ein!«, sagt er fröhlich. »Jack Daniels ist Alkohol für echte Kerle. Und bring dem falschen Kerl da drüben ein Glas Milch. Herr Baek, das geht auf mich.«

Baek bekommt von mir einen Jack Daniels. Aber es wäre verrückt, der Kröte Milch zu bringen, also tue ich nichts dergleichen.

»Heute muss wohl mein Glückstag sein, dass ich von Jack einen Drink spendiert bekomme.«

»Hey, Kleiner, was ist los? Ich sagte doch, du sollst dem falschen Kerl dort drüben ein Glas Milch bringen. Die Rechnung geht auf mich.« Jack spricht todernst zu mir wie bei einer Drohung.

Kurz grüble ich, ob ich der Kröte doch die Milch hinstellen soll. Wenn Jack weiterhin darauf besteht, habe ich keine andere Wahl. Aber es wäre irrwitzig, der Kröte eine Milch vorzusetzen. Für eine Weile schweigen alle. In der Bar herrscht angespannte entschlossene Stille. Dann rammt die Kröte ihr Messer mitten in den Tresen und sagt mit zitternder Stimme: »Verdammt, lass uns die Münze werfen.«

»Bitte tun Sie das nicht«, rufe ich.

»Ich sagte, wir werfen die Münze«, sagt die Kröte zu Jack.

Der aber spielt sie mir zu: »Kleiner, du wirfst. Nur dann ist es fair.«

Jack trinkt langsam aus und steckt sich eine Zigarette an. Die Kröte bleibt die ganze Zeit stehen. Baek findet die Situation wohl interessant, jedenfalls rückt er näher zur Mitte.

»Was ist los, Kleiner? Ich sagte, wirf die Münze!«

Alle sehen mich an. Das Ticken der Wanduhr scheint in diesem Moment besonders laut.

»Bitte, hören Sie auf damit. Ich kann das nicht.«

Ich zittere. Egal, ob Kopf oder Zahl, es ist unmöglich, dass ich die Münze werfe. Nun kommt Baek in die Mitte: »Darf ich sie werfen?«

»Ist ja egal, wer sie wirft. Ich nehme Kopf«, sagt die Kröte laut, aber seine Stimme bebt.

»Dann nehme ich Zahl«, sagt Jack.

Baek greift sich die Münze. Dann sieht er abwechselnd Jack und die Kröte einmal an, als wäre er bereit. Jack nickt. Die Kröte steht still an ihrem Platz.

Die Münze fliegt. Sie macht in der Luft ein Drehgeräusch und fällt. Baek schafft es nicht sie zu fangen. Also dreht sich die Münze eine ganze Weile auf dem Tresen und bleibt vor dem Glas von Jack liegen.

Kopf.

»Kopf«, sagt Jack gelassen.

Baek geht ein paar Schritte von der Bar zurück. Die Kröte steht noch immer steif da, die Haltung unverändert. Jack trinkt sein Glas aus und bittet mich um ein neues. Ich drehe mich zum Regal und höre in dem Moment das stumpfe Geräusch eines Messers, das in das Holz der Theke gebohrt wird. Jacks Messer hat genau den kleinen Finger seiner linken Hand getroffen.

»Um Himmels willen, er hat ihn wirklich abgeschnitten«, stößt die Frau erschrocken hervor.

Jack trennt den Finger ab, der aufgrund der Sehnen und des Knorpels noch an seiner Hand baumelte. Dann nimmt er zwei Lagen Servietten, packt Eiswürfel dazwischen und umwickelt damit den verbliebenen Stummel. Seine Bewegungen sind schnell und gefasst, als ob er sich früher unzählige Male schon einen Finger abgeschnitten hätte. Eine ganze Weile bewegt sich niemand, keiner gibt einen Laut von sich. Auf der

Theke liegen eine Münze, ein Messer und ein einsam vor sich hin blutender Finger.

Alle Anwesenden starren geistesabwesend darauf. Jack verzieht ab und zu sein Gesicht, als hätte er Schmerzen. Aber er stöhnt nicht. Nach einer Weile sagt er wieder: »Wirf die Münze. Ich habe noch neun Finger.«

Diesmal macht Baek nicht den Eindruck, als würde er sie werfen wollen. Die Kröte sagt aufgeregt: »Der alte Sack ist wirklich wahnsinnig. Total durchgeknallt. Wie soll so ein Spiel zeigen, wer ein echter Kerl ist? Ha, dass ich nicht lache. Lass uns lieber rausgehen und eine Runde kämpfen. Wie echte Kerle. Das hier ist doch heller Wahnsinn. Hirnrissig ist das, nicht wahr?«

Die Augen der Kröte schweifen unruhig durch die Runde und suchen nach Zustimmung. Er ist offenbar außer sich vor Angst. Aber die anderen sind nicht in der Lage, etwas zu sagen. Sogar die Frau sitzt nur lethargisch auf ihrem Platz.

Da spricht Jack ruhig, seine Hand festgekrallt: »Du verlässt diese Gasse und nimmst deine billigen Mädchen mit. Solltest du damit nicht einverstanden sein, mach dich bereit, ein paar von deinen Fingern herzugeben.«

Die Kröte steht eine Weile da und scheint nachzudenken. Er starrt auf das Messer, den abgeschnittenen Finger, das Blut, das die Serviette durchtränkt hat, und murmelt: »Verrückter Mistkerl.« Dann verschwindet er eilig aus der Bar. Die Frau sitzt noch einen Moment angsterfüllt da und läuft dann der Kröte hinterher. Etwa fünf Minuten später verlässt auch Baek das Lokal.

So löst sich alles auf. Jack geht aber nicht ins Krankenhaus, sondern trinkt still weiter. Er trinkt deutlich mehr als sonst. Schließlich hat er die zwei Flaschen Jack Daniels leer getrunken, die für ihn eingekauft waren. Dann fragt er mich: »Kleiner, hast du schon mal auf einen Menschen eingestochen?«

»Nein«, antworte ich. »Haben Sie es denn schon einmal gemacht?«

»Ein paarmal. Meinen Job kann man nur machen, wenn man ein paarmal zugestochen hat. Da hat man keine Wahl.« Jack klingt, als ob er das zu sich selbst sprechen würde.

4

Es ist Sonntagmorgen. Seit Tagen regnet es. Ich zünde mir eine Zigarette an und mache ein Dosenbier auf. Dann schlucke ich eine Handvoll Kopfschmerztabletten. Aus dem Fenster ist der schwermütige Mülleimer zu sehen, und die Katze wühlt noch immer darin. Heute könnte ihr Glückstag sein. Gestern nach Schließung des Lokals habe ich Jacks Finger, den ich für den Fall der Fälle im Kühlschrank aufbewahrt hatte, in eine schwarze Plastiktüte gepackt und in den Mülleimer geworfen. Bei genauerer Suche wird sie also auf ein appetitliches Stück Fleisch stoßen.

Jack wurde am Samstagmorgen erstochen aufgefunden. Ein echter Kerl schneidet sich selbst seinen Finger ab, wird aber vom Messer eines anderen erstochen. Seine Leiche wurde wie erwartet am Schild mit Regelblutung entdeckt. Man sollte wirklich in Erwägung ziehen, einen Schamanen für einen Exorzismus zu rufen, so wie die Ladys immer sagen. Und Samstagmittag suchte mich die Kröte auf. Falls die Polizei am Abend ins Lokal käme, dann solle ich aussagen, dass er an dem Abend mit Kommissar Baek in Zimmer sieben die ganze Nacht durchgezecht hätte. Dafür gab er mir einen dicken Umschlag mit Geldscheinen. Am Samstagabend kam tatsächlich die Polizei. Ich sagte, dass die Kröte mit Baek in Zimmer sieben die ganze Nacht hindurch Alkohol getrunken hat. Die Polizei fragte, ob ich mir sicher sei, und ich sagte Ja. Die echten Kerle werden sich um alles andere kümmern.

In der Nacht zum Sonntag kam Ja-u betrunken nach Hause und fragte: »Liebst du mich?« Ich antwortete, dass ich sie liebe. »Du Arschloch, ist das denn Liebe? Wie kannst du das Liebe nennen? Wie kann der Kerl, der mich angeblich liebt, mich zwingen, ins Hotel zu gehen, wenn ich meine Tage habe? Du verdammtes Schwein.« Sie war stockbesoffen. Ehrlich gesagt, war auch ich total stramm in dieser Nacht. Scheinbar muss ich sie bis zum Umfallen geschlagen haben, sodass sie die Spuren nicht mal mit Make-up überdecken konnte. »Was ist denn Liebe? Wir wohnen miteinander, essen miteinander und ficken miteinander. Das ist doch Liebe. Was brauchst du denn noch, du verdammtes Miststück!«

Ich zünde mir eine zweite Zigarette an und betrachte den schwermütigen Mülleimer. Ich mag ihn. Er muss alle möglichen Mülltüten in sich tragen und erträgt es stumm mit schwermütiger Miene. Er gefällt mir. Ich stecke mir die Zigarette in den Mund. Der Regen wird immer stärker, und das Holzhaus knarzt pausenlos. Die Katze ist nicht mehr zu sehen. Ob sie Jacks Finger im Mülleimer gefunden hat? Eine Katze ist ein schlaues Tier, es ist durchaus möglich. Wenn ja, wird sie aufs Dach gegangen sein. Soll ich noch ein

Bier öffnen? Weil ich heute freihabe, kann ich etwas mehr trinken. Da ich viel Dosenbier trinken kann, ist der Sonntag ein guter Tag. Ich nehme mir vor, am Nachmittag aufs Dach dieses Holzhauses zu steigen. Da war ich noch nie. Vielleicht wird die Katze dort sein. Ich möchte ihre wachsamen Augen sehen.

WIR LASSEN BLUMEN TROCKNEN, WEIL WIR BELANGLOS GEWORDEN SIND

Etwa 80 Prozent der Inuit in Grönland haben mit Depressionen zu kämpfen. In einigen Regionen nehmen sich jährlich 35 von 1000 Einwohnern das Leben. So eine erschreckend hohe Selbstmordrate ist sonst nirgends auf der Welt zu finden. Manche sagen, damit zeige Gott den Menschen, dass sie nicht in einer so unwirtlichen, dunklen Gegend leben sollten. Hier geht die Sonne in den Polarnächten drei Monate lang nicht auf. Doch die meisten Selbstmorde verzeichnet Grönland im Mai, bei schönstem Wetter und strahlendem Sonnenschein. Das Leben auf Grönland ist hart, und die Inuit sind starke Menschen. Selbst im rauen Klima mit bis zu minus 40 Grad leben sie seit mehreren Tausend Jahren in Iglus, in denen man nicht einmal ein Feuer entzünden kann. Früher mussten sie dicke Eisschichten durchbrechen, um zu fischen. Außerdem jagten sie Robben, Eisbären, Seelöwen und Wale. In diesen Gegenden kann der kleinste Fehler fatal sein: Ein Fuß, der auf einer Eisscholle ausrutscht, kann zu einer Amputation oder sogar zum Tod führen. Die Inuit hatten sich mühsam an die Verhältnisse oberhalb des nördlichen Polarkreises angepasst.

Auf Grönland gibt es keine Bäume, sodass in den Iglus keine Feuer brennen; traditionell wird ein Lämpchen mit Robbenfett betrieben. Die Inuit leben in Großfamilien, die monatelang ununterbrochen in ihrer Behausung bleiben. Die Körperwärme der anderen ist nicht nur ein Zeichen der Vertrautheit. Sie ist fast die einzige Wärmequelle im Eishaus und hängt somit im biologischen Sinne direkt mit dem Überleben zusammen. Die Inuit leben auf engstem Raum. Diese Lebensweise macht sie tolerant, warmherzig und humorvoll. Sie lachen viel. Im Iglu haben das Miteinandersein und der Friede absolute Priorität. In der unter diesen Bedingungen erzwungenen Nähe ist kein Platz für Klagen, Streit, Ärger oder Vorwürfe. Bei den Inuit ist Jammern sogar mit einem Tabu belegt. Bei ihnen gibt es keine Regeln, keine Konventionen, die etwas vorschreiben. Niemand sagt anderen, wie sie sich zu verhalten haben. Niemand versucht, die anderen durch Worte zu trösten. Mitgefühl zu zeigen kann als Beleidigung aufgefasst werden. So mischt sich keiner in die Angelegenheiten anderer. Man überlässt einfach jedem sich selbst.

Genauso, wie sich niemand über andere äußert, spricht niemand über sich selbst. Kein Wort über Sorgen, über Wut, über Einsamkeit oder Ekel. Wegen der harten Lebensbedingungen trägt jeder Einzelne eine so große Bürde, dass niemand die anderen zusätzlich mit eigenen Sorgen oder Problemen belasten will. Sie versuchen, alles allein für sich zu lösen, und wenn es nicht gelingt, setzen sie dem Leben ein Ende. Im Schein der Öllampen brüten sie mal schweigend vor sich hin, mal erzählen sie Geschichten und lachen ausgelassen, mal sprechen sie über die Jagdbedingungen, aber über sich selbst jedoch fast nie. Und wenn sie dann eine unerträgliche Unruhe oder Schwermut überkommt, verlassen sie still das Iglu und nehmen sich das Leben. Diese Menschen, die sich vom Blut von Seelöwen, Robben und Walen ernährt haben, mischen sich weder in andere Angelegenheiten ein, noch sprechen sie über sich selbst. So leben und sterben sie.[2]

Es ist drei Jahre her, dass sich Zey das Leben nahm. Dieser Sommer war durch die hohe Zahl von Selbstmorden gekennzeichnet. Irgendjemand fing an, und ein anderer tat es ihm nach. Der jüngere Bruder folgte einer Frau, die sich das Leben genommen hatte. Oder ein Mann seiner Frau. Es war wie eine Ansteckung. Warum taten diese Leute das? Vielleicht hatten sie für einen Moment das Gefühl, selbst den minimalsten Antrieb verloren zu haben. Dass diese Leute so einfach sterben wollten und mit welcher Leichtigkeit man sterben kann, wollte nicht in meinen Kopf. Und weil ich es nicht fassen konnte, lebte ich weiter. Ich ging zur Arbeit und zahlte fleißig in meinen Ratensparvertrag. Am Ende des Jahres schickte ich meine sorgfältig gesammelten Quittungen zum Finanzamt. Dreimal pro Woche ging ich ins Fitnessstudio, schwitzte auf dem Laufband und stemmte Gewichte. Ich machte es wie jeder andere in dieser Stadt.

Am Vorabend ihres Selbstmordes kam mich Zey besuchen. Sie wirkte recht gut gelaunt. Ihr war es wohl wichtig zu zeigen, dass sie besonders fröhlich war. Wir gingen in mehrere Kneipen und tranken viel. Ununterbrochen berichtete sie von ihren schönsten Erlebnissen. Meistens ging es um ihre Kindheit. Über die Welpen, die sie damals hatte,

---

2   Der Autor hat das fünfte Kapitel »Populationen« von Andrew Solomons *Saturns Schatten* zusammengefasst.

über die Nudeln, die ihr meine Mutter irgendwann gekocht hatte, über das Klavier, über die Rutsche im Kindergarten und über ihre Teddybären. Sie redete konfus. Wie jedes Mal wurde ihre Laune besser, je mehr sie trank. Und wie immer trank sie mit jedem Glas schneller und mehr. Während sie aus vollem Hals, begleitet von exzentrischen Gesten, lachte, soff sie sich quer durch die Getränkekarte. Entsprechend waren wir beide gegen Mitternacht sturzbetrunken. Wir legten die Arme über unsere Schultern, taumelten durch die Straßen, brüllten und lachten. Dann gingen wir in ein schäbiges Hotel und hatten Sex, der so schlecht war, dass ich mich kaum daran erinnern mochte, was genau passiert war.

Damals war sie 28. 28 Jahre – ein untypisches Alter für Selbstmord. Aber welches Alter wäre schon geeignet? Ich habe mich sehr oft gefragt, warum Zey mich als ihren letzten Sexpartner auserkoren hatte, obwohl sie viele Liebhaber hatte. Warum verbrachte sie ihre letzte Nacht auf dieser Erde ausgerechnet mit mir? Die Antwort darauf habe ich noch immer nicht gefunden. Sie hatte unzählige Männer. Und auf der Liste stand ich nie. Zumindest für Zey war ich einfach nichts. Ich war kein Liebhaber, aber auch kein Freund, dem sie sich anvertrauen konnte. Nichts davon. Wir waren zufällig auf derselben Grundschule und auf derselben Universität. Rein zufällig.

Als ich am nächsten Morgen aufwachte, wusch sich Zey gerade singend im Bad des Hotels die Haare. Welches Lied es war? Ich kann mich nicht erinnern. Ich denke, es war ein fröhliches Lied, denn sie bewegte sich dazu. An diesem Morgen hatte sie gute Laune. Es war das erste Mal, dass ich sie morgens so glücklich sah. Sonst war sie immer nur nachts gut drauf und am Morgen schwermütig. Aber an jenem Morgen hörte sie nicht auf zu summen. Sie scherte sich nicht um mich, lief ohne Unterwäsche herum, trocknete ihre Haare, holte ein Joghurt aus dem Kühlschrank und rauchte. Dann sagte sie: »Geh ins Bad und mach dich schnell fertig. Ich habe Hunger.«

Wir verließen das Hotel, und Zey steckte sich einen Chupa Chups in den Mund. Dadurch war ihre Aussprache die ganze Zeit undeutlich: »Lasch unsch beim Imbisch Nudeln eschen.« Sie schlug vor, über die Yanghwa-Brücke auf den Markt zu gehen und dort an einem Imbissstand zu essen. In der Mitte der Brücke hielt sie kurz inne und blickte auf den Fluss, der in Richtung Westen floss. Dann zog sie sich auf Zehenspitzen hoch, hielt sich am Geländer fest und schaute hinunter. Ich rauchte gegen den Wind. »Ich wünschte, es wäre jetzt schon Abend«, flüsterte sie. Dann drehte sie sich zu mir. »Ich danke dir für alles.« Verwundert fragte ich zurück: »Wofür? Ich habe doch für dich nichts getan.« Sie schüttelte den Kopf. »Doch, du warst immer ein guter Freund. Dafür danke ich dir. Aber den Sex hätten wir besser sein lassen sollen, nicht wahr?« Betreten fragte ich: »Ich war wohl nur mittelmäßig?« Daraufhin strahlte sie. »Ja, ziemlich mittelmäßig. Wenn du beim nächsten Mal mit einer Frau ins Bett gehst, dann merk dir: Für Frauen ist Zärtlichkeit wichtiger als Potenz. Mach es nicht mit Kraft, sondern vor allem mit Hingabe, ja?« Sie sagte das mit einer kräftigen Stimme, als würde sie es einem Schüler erklären. Dann brach sie in Gelächter aus, sie schien meinen peinlich berührten Gesichtsausdruck lustig zu finden. Ich glaube, ich habe mich murmelnd rausgeredet mit: »Es war, weil ich gestern zu viel getrunken habe. Ich war so besoffen …«

Zey lehnte sich nun etwas weiter über das Geländer. Ihre Haare flatterten im Wind. »Trotzdem fand ich es schön, gestern Abend mit dir zusammen zu sein. Es hat mir sehr gefallen«, sagte sie mit äußerst sanfter Stimme, als würde sie es eher zu sich selbst sagen als zu mir. Sie strahlte mich an. Dann trat sie ein paar Schritte zurück, nahm Schwung und sprintete auf das Geländer zu. Sie stützte sich darauf ab und flog darüber – so leicht wie ein Kind, das im Sportunterricht auf Pfiff des Lehrers Bockspringen machte. Für einen Augenblick schwebte sie wie ein Vogel in der Luft. Dann stürzte sie schlagartig hinunter in den Fluss.

Ich blieb regungslos stehen. Vor Schreck konnte ich weder schreien noch weinen. Alles, was ich tat, war, dass ich an der Stelle, von der sie gesprungen war, hinabstierte und die konzentrischen Wellen im Wasser beobachtete, die entstanden und wieder verschwanden. Jeder andere hätte sich in dieser Situation wohl ähnlich verhalten. Ein solches Erlebnis ist zu surreal, um Aufregung oder Trauer zu empfinden. Als hätte man sich im Traum, vom Duft einer Heckenrose berauscht, einen Stachel in den Finger gestochen, und Blut würde auf die weißen Blütenblätter tropfen. In einer solchen surrealen Situation gab es keinerlei Duft oder Schmerz. In dieser Wolke der Unwirklichkeit stand ich eine ganze Weile. Ein Passant schrie laut. Ein anderer rief die Feuerwehr, und eine Frau weinte, hielt sich mit einer Hand ihren Mund zu und rief nervös: »Du lieber Gott.« Warum, weint, diese, Frau, jetzt? Ich konnte es nicht verstehen. Weil ich nichts begriff, war ich weder traurig noch erschrocken. Ich vernahm nur ein lautes Summen, wie Hunderte Hummeln in meinen Ohren. Das Geräusch hielt lange an. Es verließ mich erst, nachdem ihre Leiche geborgen war, ich bei der Polizei meine Aussage gemacht hatte und die Beerdigung vorbei war.

Zey lernte ich kennen, als ich zehn Jahre alt war. Ihre Familie hatte im Ausland gelebt und war in das Haus gegenüber eingezogen. In der Gasse standen nur eingeschossige Einfamilienhäuser, und ihr Haus war das einzige dreistöckige im europäischen Stil. Es passte nicht zu der kleinbürgerlichen Gegend, genauso wenig wie ihre Familie. Ich kann mich genau an ihren Umzugstag erinnern. Als ich aus der Schule kam, standen in der Gasse, durch die gerade so ein kleiner Laster passte, Möbel mit extravaganten Verzierungen, die man sonst nirgends zu sehen bekam. Es stapelten sich außerdem ein riesiger Fernseher und die Lautsprecher für eine Stereoanlage neben einem weißen Flügel. Zey trug ein Kleid, gleich einer Barbiepuppe, die geradewegs aus der Verpackung des Prinzessinnensets gestiegen ist. Sie stand dort mit einem Wal-Kuscheltier im Arm, das fast so groß war wie sie selbst. Sie blickte neugierig in den Hof vor unserem Haus, der im Vergleich zu ihrem englischen Garten wie ein Gemüsebeet wirkte – tatsächlich war mehr als die Hälfte der Beete mit Salat oder Chili bepflanzt. Meine Mutter, die gerade ein Beet umgrub, lächelte sie an: »Du bist aber hübsch.« Da lief Zey plötzlich zu ihr, zeigte meiner Mutter stolz ihren Wal und sagte: »Er heißt Walwal.« »Dein Wal heißt Wal?« Meine Mutter brach in Lachen aus und wischte sich mit dem Handrücken den Schweiß von der Stirn. Zey schüttelte entschlossen ihren Kopf und betonte jedes einzelne Wort: »Nein, nicht Wal, sondern Walwal.«

Meine Mutter mochte sie. Das lag aber nicht daran, dass Zey ein spezielles Kind war, sondern weil meine Mutter von Natur aus zu jedem freundlich war. Menschen, die sie nicht ausstehen konnte, waren auf der nördlichen Erdhalbkugel nur die Ehemänner der Inuit. Der Grund war, dass sie nachts ihre Ehefrauen in die Gästezimmer ihrer Besucher schickten. Zey mochte meine Mutter ebenfalls. Das war klar. Alle mochten sie. Sie war eine heitere, warmherzige und rücksichtsvolle Person. Zumindest alle Menschen der nördlichen Erdhalbkugel einschließlich der Ehemänner der Eskimos würden sie mögen, dachte ich immer. Wenn sie ihre Pflanzen pflegte oder im Gemüsebeet jätete, kam Zey schnell aus ihrem Haus zu uns und plauderte über alles Mögliche. Sie schwatzte stundenlang über die Geschichten, die sie im Unterricht gehört hatte, wie sie vom Lehrer gelobt wurde, über ihren stark riechenden Banknachbar und über die Hausaufgaben in Kunst. Mit der Zeit kam Zey nicht nur auf den Hof, sondern wie ein Spatz auch in die Küche sowie ins Wohn- und Schlafzimmer und schnatterte. Wir aßen gemeinsam zu Abend und anschließend Obst als Nachtisch. Sie ging auch nicht nach Hause, als die Kindersendungen und Serien vorbei waren, die wir Kinder sehen durften. Wenn meine Mutter sagte, »Deine Mutter macht sich bestimmt Sorgen«, dann ging sie widerwillig mit herabhängenden Schultern zu ihrem Haus zurück, das in meinen Augen wie ein perfektes Schloss zu sein schien.

Zey und ich waren gleich alt und besuchten dieselbe Grundschule. Darum gingen wir zusammen zur Schule und kamen gemeinsam nach Hause. Wenn ich es mir so recht überlege, musste man nicht gemeinsam in die Schule gehen oder nach dem Unterricht vor der Reckstange aufeinander warten, nur weil man in derselben Gasse wohnte. Trotzdem gingen wir immer zusammen. Das lag daran, dass ihre Mutter meiner Mutter gesagt hatte, dass Zey lange im Ausland gelebt habe und sich hier nicht so wohlfühle. So fände sie es besser, wenn ihre Tochter zusammen mit mir laufen könnte. Nein, genau genommen bat ihre Haushaltshilfe meine Mutter flehentlich darum.

Seit ihrem Umzug hatte niemand in der Siedlung Zeys Mutter gesehen. Sie ließ sich nicht blicken. Sie kam nicht einmal in den Garten, den der Gärtner so mühevoll pflegte. Wenn ich ab und zu mit Zey in ihr Haus ging, sah ich sie in einem langen, seidenen Morgenmantel. Sie saß in einem Schaukelstuhl vor dem Fenster und starrte ins Leere. Sie hatte immer ein volles Whiskyglas in der einen Hand und eine Virginia Slim Zigarette in der anderen. Dabei wirkte sie so kraftlos wie eine welke Lilie.

Zey hielt sich nicht gern bei sich zu Hause auf. Sie spielte bis zum Anbruch der Dunkelheit in der Gasse, und wenn es dunkel wurde, war sie bei uns. Der weiche Rasen in ihrem großen Garten wäre ein idealer Spielplatz für uns gewesen, aber sie wollte das nicht. Also spielte ich mit ihr in der Gasse. Wir saßen im Staub der Straße, warfen die Würfel für Brettspiele und spielten Verstecken.

Mit der siebten Klasse wechselten wir in die Mittelschule, und ab diesem Zeitpunkt war unser Verhältnis plötzlich unterkühlt, ohne dass ich dafür einen besonderen Grund hätte nennen können. Wahrscheinlich war auch ihr keine Ursache bewusst. Damals gab es kaum gemischte Schulen, sodass ich in eine Jungenschule und sie in eine Mädchenschule ging. Folglich mussten wir nicht mehr gemeinsam laufen. Und ab einem bestimmten Punkt sprach sie auch nicht mehr mit mir. Es war beinahe so, als gäbe es eine Schulregel, dass man in der Mittelschule die Kinderspiele zu beenden hatte. Als ob Mädchen und Jungen aneinander kein Interesse mehr hätten, sobald sie die Uniformen der Mittelschule trugen.

Ich kann nicht genau sagen, wer von uns zuerst die Worte verlor. Schließlich war das in der Pubertät nicht ungewöhnlich. Die Zeit verging, als wäre es nichts Besonderes. Nachdem ziemlich viel Zeit vergangen war, schien mir die Vorstellung, Zey anzusprechen, nicht mehr nur peinlich, sondern unmöglich. Bis zum Ende der zehnten Klasse hatten wir kein einziges Wort mehr gewechselt. Wenn wir uns begegneten, nickten wir uns nur kurz zu, und jeder ging seines Weges. Und eines Tages kam ich nach der Schule am Abend nach Hause, und sie war weggezogen, ohne irgendwas zu sagen.

Der Dichter Sung Yunsok sagte einmal, dass wir Blumen trocknen lassen, weil wir belanglos geworden sind. Diejenigen, die Anfang der 1990er-Jahre studierten, fühlten sich womöglich von diesen Worten angesprochen. Damals waren die Zeiten so wie die getrockneten Blumen. Die Welt war auf einmal belanglos geworden. Auch die Universitäten. Man fragte sich: Waren wir vielleicht von Anfang an belanglos? Man spürte deutlich seine Generation. Wir setzten uns für die Demokratiebewegung nicht so kämpferisch ein wie die älteren Studenten. Wir waren auch nicht so chic wie die jüngeren Kommilitonen. Die Zeit, in die wir geboren wurden, war nicht klar definiert, sie war wie der Nachwinter. Man konnte noch keine Frühlingssachen anziehen, aber vom Wintermantel hatte man die Nase voll.

Es war im trostlosen März, als man sich des Wintermantels entledigt hatte, aber die Frühlingsblüten noch nicht aufbrechen wollten. Auf dem Campus traf ich zu Semesterbeginn Zey wieder. Nachdem ich mit den Formalitäten der Immatrikulation fertig war, sah ich sie auf einer Bank vor der Fakultät der Geisteswissenschaften. Da stand Zey. Sie stand dort mit ihrem typisch arroganten Blick, als würde sie sich für nichts auf der Welt interessieren. Natürlich wartete sie dort nicht auf mich. Die Bänke vor der Fakultät waren der ideale Ort, um Zeit totzuschlagen. Dort konnte man sich gut unter dem Vorwand des Zufalls treffen.

Ich war im ersten Semester, sie aber schon im dritten, da ich für die Zulassungsprüfung noch ein Jahr länger gelernt hatte. Dass ich an derselben Universität dasselbe Fach wie sie studierte, war reiner Zufall. Ich war nicht sonderlich überrascht und maß dem Zufall keine größere Bedeutung bei. Allerdings wunderte ich mich, dass ihre Noten nicht so gut waren, wie ich immer geglaubt hatte, und dass sie sich für Germanistik interessierte. Ich hatte weder für deutsche Sprache noch für deutsche Literatur irgendein Interesse, aber ich war in meiner Präferenz durchgefallen und begann deshalb mit einem Germanistikstudium. Es war meine zweite Wahl, die ich ohne große Überlegungen eingetragen hatte. Um ehrlich zu sein, es hätte für mich keinen Unterschied gemacht, selbst wenn ich in meinem Wunschfach zugelassen worden wäre.

Zey warf einen desinteressierten Blick auf meinen Belegbogen und schmunzelte vieldeutig. »Lass uns ein Gläschen trinken, wenn du mit der Kursanmeldung fertig bist«, sagte sie, als ob sie vergessen hätte, dass wir in den letzten sieben Jahren kein Wort mehr gewechselt hatten. Oder es war ihr einfach egal. Es klang auf jeden Fall so, als ob sie sich mit einem »Na, hast du einen Kater?« nach dem Befinden eines Kumpels erkundigte, mit dem sie sich am Vorabend betrunken hatte. Ich legte meinen Kopf auf die Seite und sah auf die Uhr. Es war kurz nach zehn.

»Jetzt? So früh?« Ich war verwirrt.

»Trinkst du nie am Morgen?«

»Normalerweise trinkt man morgens nicht«, antwortete ich trocken.

Sie biss kurz auf ihre Unterlippe und nickte, als würde sie über etwas nachdenken. »Du bist immer noch anständig«, sagte sie schließlich mit einem Lächeln.

Dann trottete sie in Richtung Bibliothek, ohne sich zu verabschieden – wie damals, als sie einfach weggezogen war, ohne ein Wort darüber zu verlieren. Das war das gesamte Gespräch, das ich nach sieben Jahren mit ihr führte. Verdutzt sah ich ihr hinterher und ging dann auf dem mit Schneematsch übersäten Weg zur Fakultät. »Ich bin also immer noch anständig? Ist das ein Kompliment?«, fragte ich mich.

»Natürlich«, antwortete mein anderes Ich zynisch, »du warst früher anständig und bist es heute immer noch.«

Die Zey, die ich an der Uni wiedertraf, war anders als die Zey meiner Kindheit. Sie war auch anders als die, die mir verlegen in unserer Gasse begegnet war. Sie war zwar noch immer schön, aber irgendwie auch welk. Genauer gesagt: Sie war kaputt. Ihr Gesichtsausdruck spiegelte den Verfall einer Frau mittleren Alters, ähnlich ihrer Mutter, die mit einem Whiskyglas in der Hand wie eine Gardine im Wind flatterte. Ich konnte einfach nicht verstehen, wie ein neunzehnjähriges Mädchen eine solche Ausstrahlung haben konnte. Sie machte den Eindruck, als wäre alles belanglos. Und sie wirkte, als wolle sie auf dieser belanglosen Welt selbst belanglos werden. Der Dichter hatte recht. Wir lassen Blumen trocknen, weil wir belanglos geworden sind. Wir sind belanglos geworden, also ließen wir sie trocknen.

Außerdem konnte ich vieles Weitere an ihr nicht verstehen. Fast immer war sie betrunken. Sie saß bei allen Trinkmöglichkeiten der Uni dabei, und wenn sie trank, dann immer bis zum Schluss. Und wenn sie zu war, schlief sie mit jedem. Sie hatte immer offiziell einen festen Freund, aber sie hatte unabhängig davon Sex. Wenn ihr Freund sich darüber aufregte oder einmischte, gab sie ihm den Laufpass und fand rasch einen toleranteren Ersatz.

Am Morgen wurde viel über sie getratscht. Die Eskapaden einer so attraktiven Studentin eigneten sich immer gut zum Weitererzählen. Auf dem Campus brodelte die Gerüchteküche, so leicht und üppig wie die Blütenblätter der Kirschbäume im April. Irgendjemand führte dies auf den Missbrauch durch ihren Vater zurück. Ein anderer erzählte, dass sie in der Oberstufe von einer Gang vergewaltigt worden sei. Wiederum ein anderer sagte, dass ein älterer, politisch aktiver Kommilitone sie geschwängert und verlassen hätte. Manche behaupteten sogar, dass Zey spezielle Gene hätte und deshalb ihren Sexualtrieb nicht beherrschen konnte, egal, wie sehr sie sich anstrengte. Ein Gerücht jagte das nächste, und so vermehrten sie sich endlos. Wenn ich zufällig mit ihr in einer fachübergreifenden Vorlesung saß, konnte ich hinter mir die Studenten tuscheln hören: »Da ist die. Sie ist bekannt.« An der Universität gab es eine Unmenge von Geschichten über ihre Sexskandale, und irgendwann waren es so viele, dass niemand mehr darüber erstaunt war. Sie waren einfach belanglos.

In Wirklichkeit war es so, dass jeder mit ihr schlafen konnte, wenn er bis zum bitteren Ende mit ihrer Trinkerei mithielt. Für sie schien es egal zu sein, mit wem sie schlief, wenn es nur nicht ich war. Bei jedem Gelage machte sie übertriebene Gesten. Wenn sie trank, plapperte sie ununterbrochen und lachte laut. Ihr Problem war, dass sie zu schnell trank. Wenn sie dann betrunken war, kümmerte sich irgendein geiler Typ neben ihr um sie. Mit der ranzigen Ausrede, er fahre in die gleiche Richtung und würde sie nach Hause bringen, nahm er sie gefangen von seiner Begierde mit. Sie konnte sich oft nicht mehr gerade halten, und er schleppte sie in ein billiges Hotel. Aber ich konnte die Typen nicht davon abhalten. Ich hatte nicht das Recht dazu, zumindest dachte ich das. Zey war erwachsen und schlau, sodass ich ihr nicht mit Weisheiten oder der Moral kommen konnte. Außerdem war ich keiner ihrer Geliebten oder dergleichen. Jedes Mal fühlte ich mich gedemütigt. Manchmal konnte ich beobachten, wie sie Typen vor Stundenhotels anbettelte, nur noch ein Gläschen trinken zu gehen. Dann wurde sie wieder in irgendeine billige Absteige geschleppt.

Ich fühlte mich, als würde ich in einem Tal herumirren, den Böen eines trockenen Windes ausgesetzt. Einem Ort, an dem nichts blühte. Es wirkte, als ob der trockene, triste Wind die ohnehin vertrocknete Erde noch weiter ausdörren wollte. Ich war wütend und vor allem traurig. Wütend worauf?, fragte ich mich oft. Ich sagte dann zu mir wie in Hypnose: Zey und ich sind lediglich in der gleichen Nachbarschaft groß geworden. Und das Gebet zeigte Wirkung. Als ob trockener Wind einen Flecken Erde in eine Wüste verwandelte und eine kleine Wüste eine noch größere Steppe verschlang, so wurden meine ehemals vollen Erinnerungen an die Kindheit immer dürrer. Zum Glück, dachte ich mir und wünschte, dass alles nur ja schnell vertrocknete.

Zeys Liebhaber wechselten immer schneller. Ein solcher zu werden bedeutete, dass man zur Hauptfigur der dreckigsten und hässlichsten Gerüchte auf den Bänken vor der Fakultät wurde. Und wer wollte schon Hauptdarsteller von widerlichen Gerüchten sein? Also waren ihre Liebhaber entweder Schürzenjäger, die es für eine Auszeichnung hielten, mit möglichst vielen Frauen zu schlafen. Oder sie waren Trottel, die sich ihr aus Mitleid genähert hatten und dann von den Gerüchten eingeschüchtert die Flucht ergriffen. Die meisten waren einfache Tagediebe, die unter dem albernen Vorwand von Jugend und Unbedarftheit ihr eigenes Leben in den Abfluss geworfen hatten. Doch keiner von denen hielt Zey aus, die so impulsiv, selbstzerstörerisch und depressiv war. Vielleicht war sie es, die es bei niemandem aushalten konnte.

Immer gegen Mittag tauchte Zey mit aufgedunsenem Gesicht an der Uni auf. Ich fragte sie manchmal, ob sie schon gefrühstückt hätte. Sie schüttelte immer den Kopf. Einmal nahm ich sie mit auf den Markt vor der Universität, um mit ihr Suppe als Katerfrühstück zu löffeln. Wir hielten auf dem ganzen Weg dahin einen Abstand ein, der weder zu nah noch zu weit war. Mit dieser unklaren Distanz wollte ich wohl ihr, mir und auch den Leuten der Universität beweisen, dass sie und ich nur frühere Schulkameraden waren und dass ich an ihr nie etwas sexuell Erregendes fand. Also sprachen wir auf dem Weg zum Essen auch kaum.

Am Tag nach dem Saufen war Zey immer hysterisch. Sie reagierte bei jeder Kleinigkeit gereizt, und sobald sie etwas in ihren Magen bekam, brach sie alles gleich wieder aus. Sie giftete die Leute an, starrte wortlos auf einen Punkt in der Luft und weinte dann. Oft krallte sie sich an ihrem Glas fest, schlug es auf den Tisch und verletzte sich. Oder sie beschimpfte Passanten, was nicht selten in einem Streit endete. Ich musste sie dann jedes Mal davon abhalten und in die Apotheke rennen, um Desinfektionsmittel, Verbandsmaterial und eine Salbe zu besorgen. Für die nervige und hypernervöse Zey war stets ich zuständig, wohingegen die fröhliche, lachende Zey, die dazu noch sexy war, den Männern mit den schnellen Blicken in der Kneipe gehörte. Ich fand es aber besser, der Betreuer der gereizten und nervigen Zey zu sein anstatt der Liebhaber der Schlampe. Das neue Jahr kam, und die Kirschblüten gingen wieder auf. Als die Gerüchte über Zey schließlich legendär wurden und die Bänke vor der Fakultät beherrschten, war ich froh, dass wir nichts miteinander hatten.

Sie war oft in psychiatrischer Behandlung. Auch wegen ihres Alkoholkonsums. Gegen ihren Willen schleppte ihr Vater sie mehrmals in die Psychiatrie. Doch kein Antidepressivum und keine Behandlung konnten sie stoppen. Sie war stationär untergebracht, nach der Entlassung trank sie weiter und wurde wieder eingewiesen. So wiederholte es sich. Jedes Mal, wenn sie entlassen wurde, fiel sie noch tiefer in den Sumpf, von Verbesserung keine Rede. Ein Mensch kann sich normalerweise nie von der Vergangenheit befreien. Sie hasste ihre wie die Pest. Ich hatte den Eindruck, dass sie sich wünschte, für die anderen ein schönes Wesen zu sein, aber an den kursierenden Gerüchten und den harten Blicken der Leute schien sie allmählich zu ersticken.

Als sie sich auf ein Auslandsjahr in Schweden vorbereitete, war sie für kurze Zeit voller Lebenslust. Sie lernte in der Bibliothek und im Sprachlabor fleißig Englisch und Schwedisch. Es war nur eine kurze Phase, aber in dieser Zeit trank sie keinen Tropfen Alkohol. Manchmal sah ich sie spätabends in einer Ecke der Bibliothek mit übergestülpten Kopfhörern in einem Schwedisch-Wörterbuch blättern. Den ganzen Sommer über lernte sie allein in der Bibliothek, ohne jemals mit einem Mann auszugehen. Diese kraftvolle und lebhafte Zey hatte ich das letzte Mal erlebt, als sie mit zehn Jahren am Beet meiner Mutter ununterbrochen irgendwas daherplapperte. Zey schien voller Vorfreude zu sein, dass sie in einem Ort, wo sie niemand kannte, ein ruhiges Leben führen könnte. Am Ende des Sommers flog sie nach Schweden, um einen Sprachkurs zu machen. Als ich sie fragte, wann sie zurückkommen wolle, antwortete sie mit einem feinen Lächeln, aber entschlossen, dass sie nie wieder zurückkehren würde. Zum Glück, dachte ich. Das wäre für sie und auch für mich besser. Sie startete ungefähr eine Woche vor Beginn des Wintersemesters.

Aber sie hielt es dort nicht einmal ein halbes Jahr aus und kehrte zurück. Als ich sie nach dem Grund für ihre vorzeitige Rückkehr fragte, antwortete sie mit einem bitteren Lächeln, sie sei zurück, weil sie sich einsam, ja so einsam gefühlt hatte. Also kam sie zurück, weil sie einsam, so einsam war, in dieses verfluchte Land, an diese bescheuerte Universität und in die Arme der Arschlöcher, in die Kneipen voller ekelhaften Trosts, billigen Mitleids und scheinheiliger Freundlichkeit und in die schäbigen Gassen der Stundenhotels voller schnellem Sex, die so ekelhaft waren wie das auf der Toilette weggeschmissene Kondom. Weil sie sich allein, so allein gefühlt hatte.

Ihre Beerdigung war einsam und still. Das Schild »Von Beileidsbekundungen bitten wir Abstand zu nehmen« hing am Eingang. Außer mir war niemand da. Nicht einmal ihre Eltern. Unter dem Foto der lächelnden Zey lagen drei Chrysanthemen, die wohl Trauergäste abgelegt hatten. Wer war das gewesen? Zwei dünne Weihrauchstäbchen brannten und wirkten dabei, als ob ihr Leben noch an einem seidenen Faden hängen würde. Ich fragte mich, was das bedeutete, zumal sie ja gestorben war. Die drei Frauen von dem Bestattungsunternehmen hatten nichts zu tun und schwatzten in der Küche. Nach der Kondolenz vor ihrem Porträt nahm ich traditionell am Tisch für die Trauergemeinde Platz. Eine der Frauen brachte mir eine scharfe Rindfleischsuppe. Sie fragten mich, ob ich Alkohol wolle, und ich lehnte ab. In Sichtweite ihres Fotos leerte ich meine Schüssel und verließ die leere Halle. Es war Juli, und die Sonne brannte. In meinem schwarzen Anzug fühlte ich die Hitze noch mehr und lief eine ganze Weile geradeaus. Ich fand es besser, tagsüber Abschied genommen zu haben, sodass ich anderen Menschen nicht begegnet war. Dann ging ich in mein Büro zurück und arbeitete bis spät in die Nacht hinein.

Myonghun suchte mich ungefähr zehn Monate nach Zeys Tod bei der Arbeit auf. Er war ihr letzter Liebhaber. Sein Besuch war ziemlich überraschend, und dementsprechend war ich etwas verlegen. Auf meine formelle Frage, wie es ihm zurzeit gehe, antwortete er: »So lala.« Ich fragte: »Hast du eine Arbeit?« Er sah mich eine ganze Weile scharf an, als wäre er sauer. Dann antwortete er, dass er momentan keine Arbeit habe und auch nichts tun möchte. Ohne große Bedeutung nickte ich. Er sagte dann: »Ich warte hier. Mach deine Arbeit fertig. Lass dir Zeit.« Seine Worte klangen eher wie ein Befehl.

Myonghun war ein lieber Kerl. Er war so lieb, dass er nicht nur zu den Menschen, sondern auch zu Schildkröten, Ginkgobäumen und sogar Steinbrocken freundlich war. Irgendwann hatte er sich vor der Bibliothek mit Leuten unterhalten, dabei verschüttete er versehentlich Kaffee auf einem Stein. Sofort machte er sein Stofftaschentuch feucht und wischte den Fleck weg. Jemand fragte etwas verächtlich: »Was wienerst du denn auch noch so was?« Er hingegen strahlte wie der Sonnenschein und antworte: »Wie unangenehm wäre es denn für den Stein, wenn ich einfach wegginge. Außerdem hat der Stein keine Hände, sodass er sich nicht selbst waschen kann.« Niemand dachte an das Unglück des Steins. Myonghun schon. Er dachte an die außergewöhnliche Tatsache, dass sich der Steinbrocken nicht selbst waschen konnte. So war er. Nach Zeys Rückkehr aus Schweden wiederholte sich ihr Muster aus Untertauchen, Zwangseinweisung und Urlaubssemester. Sie kam an die

Uni zurück, und Myonghun wurde ihr Liebhaber. So wurde er der Hauptdarsteller von »Das Nachtleben der Zey«. Die Gerüchte über sie waren schon deutlich weniger geworden, dennoch boten sie einen guten Stoff für Kneipentratsch. Sie trank immer noch viel und schlief mit jedem. Aber als Hauptdarsteller spielte Myonghun stolz seine Rolle des Trottels der Gaga-Zey und behielt die Stellung standhaft, bis sie starb, und darüber hinaus.

Obwohl die beiden ein Paar waren, hatte Myonghun nie mit ihr geschlafen. Zey hatte es mir am Morgen erzählt, bevor sie starb. »Myonghun schläft nicht mit mir. Sein Ding ist in der Hose so hart, dass es heraussteht. Trotzdem stellt er sich schlafend. Ich frage mich, was er unterdrücken will.« Wann ungefähr hatte sie das an dem Morgen gesagt? Als sie sich nackt die Haare trocknete? Oder als wir über die Yanghwa-Brücke liefen? Ich kann mich nicht genau erinnern. Aber sie sah einsam und traurig aus, als sie es erzählte. »Stimmt, was hat er denn unterdrückt?«, fragte ich mich.

Nach Feierabend ging ich aus dem Büro und sah, dass Myonghun an genau der gleichen Stelle in genau der gleichen Haltung wartete. Ich ging mit ihm in ein Restaurant und bestellte echten teuren Thunfisch. Aber er rührte ihn nicht an, bis das Fleisch auf dem Brett schlaff wurde. Wortlos leerte er nur sein Schnapsglas. Der Koch stand ratlos vor uns. Erst nachdem er die ganze Flasche ausgetrunken hatte, drehte er sich zu mir. Ich hatte den Eindruck, er würde mir gleich einen Schlag mit der Faust versetzen. Er schaffte gerade noch zu sagen: »Bitte versprich mir, dass du beim Tod von Zey nur die Wahrheit sagst.«

Ich gab ihm mein Wort.

»Hast auch du mit ihr geschlafen?« Seine Stimme vibrierte vor Verzweiflung. Es gibt im Leben schmerzhafte Momente, auf die man gern verzichten würde. Dies war so ein Moment. Ich leerte mein Glas. Dann drehte ich mein Gesicht nicht zu ihm, sondern betrachtete den schlaffen Thunfisch.

»Ja, habe ich«, antwortete ich.

Zum Glück musste ich ihm nicht in die Augen sehen. Eine Weile hielt er seinen Kopf gesenkt. Er weinte. Der Saft aus dem Bauch des Fischs färbte die dünnen Rettichstreifen tiefrot.

»Wir sind doch alle Arschlöcher, oder?«, fragte er voller Tränen.

Ich schenkte mir Soju ein und leerte das Glas. »Was die anderen angeht, keine Ahnung. Aber ich bin mit Sicherheit eins«, sagte ich und gab mir dabei Mühe, gelassen zu klingen.

An ihrem ersten Todestag brachte sich auch Myonghun um. Auf derselben Brücke über dem Han-Fluss und an genau derselben Stelle sprang er. Vielleicht dachte er, er würde sie im Jenseits wiedersehen, wenn er an der gleichen Stelle am gleichen Tag hinunterspringt. Das war dumm. Ich konnte weder glauben noch verstehen, dass Menschen aus solchen Gründen sterben wollten. Also führte ich mein Leben einfach fleißig und beschäftigt weiter, wie immer. Zum Glück hatte ich viel zu tun. Dienstlich musste ich Kunden bewirten und dafür bei Karaoke abgefüllt mit Alkohol das Tamburin schütteln. Mit einem Deluxe-Nachttaxi musste ich meinen Chef zu sich nach Hause nach Gwacheon bringen, und in aller Früh fuhr ich wieder zu mir nach Mangwon-dong zurück. Weil ich unter ständigem Schlafdefizit rechtzeitig zur Arbeit erscheinen musste, war ich nur beschäftigt. In halb wachem Zustand ging ich zur Arbeit, machte wieder Feierabend, trank Alkohol und schüttelte das Tamburin. Also hatte ich alle Hände voll zu tun.

Während ich dieses hektische Leben führe, wird irgendjemand auf Grönland auf der nördlichen Erdhalbkugel sterben. In den Iglus, wo sich niemand in die Angelegenheiten des anderen einmischt und niemandem sein Herz ausschüttet. Die harten Leute, die sich vom Blut der Seelöwen, Seehunde und Wale ernährt haben, ziehen sich unauffällig aus dem Iglu zurück, wenn sie von großer Wut oder unerträglicher Schwermut geplagt werden. Dann setzen sie dem Leben ein Ende. Wo jeder in seiner Einsamkeit verharrt, sterben die Menschen so.

DIE WIRKLICH
EFFEKTIVE
SCHREIBWERKSTATT

Als ich die Augen öffne, bin ich in einem Kofferraum gefangen – zwischen einer Angeltasche, einer Kühlbox und nach faulen Eiern stinkenden Scheibenwischern. Meine Arme sind auf dem Rücken zusammengebunden, und ich scheine mir etwas aufgebissen zu haben, zumindest schmecke ich Blut. In dieser Schrottkarre, einem scheinbar sehr alten Modell, rattere ich mit atemberaubender Geschwindigkeit irgendwohin. Es klingt, als würde der Motor jeden Moment explodieren. In meinem Kopf kreisen absurd viele Gedanken: Wohin verschleppen sie mich? Nein, warum zum Teufel verschleppen sie mich?

Es war ein ganz normaler Freitagabend. Ich hatte nach Feierabend bei einem Obsthändler eine Tüte Mandarinen gekauft und wollte gerade in der Tiefgarage meines Apartmentblocks einparken. Ein altes Auto stieß beim Rückwärtsfahren an meins. Nur die Stoßstange hatte ein paar Dellen, es war also ein leichter Unfall. Der Mann, der aus seinem Auto stieg, verbeugte sich entschuldigend. »Es tut mir leid.« Er trug einen schwarzen Anzug, war mit geschätzten 1,90 Metern sehr groß und hatte außerdem einen außerordentlich muskulösen Körperbau.

»Verzeihung, aber es geht nicht, dass Sie plötzlich zurücksetzen, wenn ich einparke, oder?«, sagte ich langsam und mit ausgesuchter Höflichkeit, als ob ich mich überhaupt nicht aufregen würde. Wie hätte ich mich auch vor so einem Muskelprotz aufregen können? Der Anzugtyp entschuldigte sich wieder. »Es tut mir leid. Ich habe anscheinend nicht nach hinten gesehen.« Dann kam er auf mich zu und holte etwas aus der Tasche seines Sakkos. Ich dachte zuerst, es wäre seine Visitenkarte oder die Karte seiner Versicherung, aber es war ein Elektroschocker. Als ich mich fragte, was er damit wollte, blitzte es schon vor meinen Augen. Aber ich fiel nicht gleich in Ohnmacht, vielleicht hatte er nicht richtig funktioniert. Ich starrte ihn geistesabwesend an. Der Mann blickte missbilligend auf den Elektroschocker, als würde er sich fragen, was das für ein Mistding sei. Doch anstatt das Gerät erneut zu verwenden, schlug er mir hart ins Gesicht.

Und nun bin ich wieder wach und liege im Kofferraum eines Autos wie ein dreckiges Bündel Klamotten. Beim Schlucken muss ich jedes Mal Blut mit hinunterwürgen. In einer solchen Situation wäre jeder so verstört wie der Motor dieser Schrottkarre. Dieser Kerl, was ist das für ein Kerl? Ein Entführer? Mich entführen, wozu? Ich bin total durchschnittlich, vielleicht hat er mich verwechselt. Meine Gedanken sind so wirr wie Mückenlarven in einer Pfütze, und sie schießen mir auf einmal quer durch den Kopf. Hat mein Gehirn jemals so rasant gearbeitet? So eingesperrt blicke ich auf mein Leben zurück. Erinnerungen an Momente, in denen mein Gehirn schon einmal so ratterte, habe ich nicht.

Ich bin nicht der Typ Mensch, der tief gehend und ernsthaft über irgendetwas nachdenkt. Mein Leben habe ich stets halbherzig geführt. Mir kommt sogar der Gedanke, dass ich bei der nächsten wichtigen Entscheidung meines Lebens wieder in diesen Kofferraum steigen sollte. Ich finde, dass dies ein sehr besinnlicher Ort ist. Ein Ort, der sich sehr gut zur Selbstreflexion eignet. Habe ich vielleicht die Gefühle von irgendjemandem verletzt oder irgendwen gedemütigt? Habe ich für jemanden gebürgt und vergessen zu zahlen? Habe ich Schulden bei einem Kredithai? Oder hat sich mein kleiner Bruder in meinem Namen Geld von einem Gangster geborgt? Wenn man gefesselt und mit dem Gesicht neben stinkenden Scheibenwischern liegt, gehen einem viele Gedanken durch den Kopf. Wirklich. Wer bin ich? Was ist der Mensch? Und das Leben? Wie bekämpft unser Bürgermeister die Kriminalität? Er hat doch hohe Steuereinnahmen. Was ist das für ein Planet, dass so absurde Sachen geschehen können? Diese kosmologischen und ontologischen Fragen kommen einem ganz natürlich.

Aber das Schlimmste ist, dass ich dringend pinkeln muss. Seit meinem Rückfall nach der Bandscheibenoperation kann ich meinen Harndrang noch schlechter unterdrücken. Soll ich einfach in die Hose machen? Aber das geht nicht. Die Leute haben mich entführt, weil sie etwas mit mir vorhaben. Ich muss bald Verhandlungen mit Leuten führen, die mal eben so Menschen verschleppen. Ganz gleich, was für eine Verhandlung das auch sein wird, eingepinkelt werde ich schwerlich selbstbewusst auftreten können. Das ist klar. Ein Mann mit nasser Hose – wie erbärmlich ist das denn?

Ich muss Mut fassen. Der letzte Stolz eines Mannes ist es,

nicht in die Hose zu machen. Ja, alles andere kann ich aushalten, aber das nicht. Ich beginne, gegen den Kofferraumdeckel zu treten. Am Anfang nur zaghaft, das zweite Mal schon härter. Beim dritten Mal ein noch härteres Bam, Bam, Bam. Der Wagen hält, und der Kofferraum öffnet sich. Der Typ sieht mich scharf an. Obwohl sein Blick giftig ist, hebe ich selbstsicher den Kopf, um ihm meine Meinung zu geigen. Aber noch bevor ich etwas sagen kann, holt er den Elektroschocker aus seiner Sakkotasche. »Der Mistkerl ist verdammt laut.« Mit diesen Worten hält er das Teil an meinen Hals. Zisch!

Als ich die Augen öffne, finde ich mich mit nasser Hose auf einen Zahnarztstuhl gebunden. Daneben sind einige komplizierte medizinische Geräte und elektrische Anlagen aufgebaut. In der Mitte des Zimmers stehen ein Tisch und mehrere Stühle. Der Typ, der mir zweimal einen mit dem Elektroschocker verpasst hat, unterhält sich mit einem Mann in einem kakifarbenen Anzug. Dabei steht er höflich und demütig da. Der andere Mann scheint also eine sehr hohe Position innezuhaben. Er hat das gütige Gesicht eines Mittfünfzigers. Sein Anzug war wohl teuer und steht ihm gut. Irgendwie wirkt er wie ein hoher Beamter. Er bemerkt, dass ich die Augen geöffnet habe, und kommt langsam auf mich zu. Freundlicherweise holt er einen Becher Wasser aus einem Spender und lässt es mir in den Mund fließen. Da ich äußerst durstig bin, trinke ich es komplett aus.

»Sie mögen wohl Mandarinen?« Der Kaki-Anzug nimmt eine Mandarine aus der Tüte, die ich auf dem Heimweg gekauft habe, und schält sie.

Was soll das mit der Mandarine jetzt? Die Frage ist so absurd, dass mein Verstand komplett aussetzt.

»Ich mag Mandarinen auch. Sie sind ein vorzügliches Obst. Man braucht kein Messer zum Schälen wie bei Äpfeln oder Birnen. Walnüsse zu knacken oder Maronen zu schälen ist mühsam und lohnt sich kaum. Im Gegensatz dazu kann man Mandarinen leicht schälen, und der Inhalt ist reichlich und süß. Wenn ich so darüber erzähle, habe ich das Gefühl, sie lieber zu schälen, als zu essen. Die Idee für das berühmte Opernhaus in Sydney soll dem dänischen Architekten Jørn Utzon beim Schälen einer Orange gekommen sein. Es ist ein tolles Obst, nicht wahr?«

Was soll dieser Quatsch? Da verursacht jemand absichtlich einen Verkehrsunfall, schlägt einen zusammen, zwingt ihn mit dem Elektroschocker in die Knie und entführt ihn im Kofferraum. Und dann faselt der Typ was vom Opernhaus? Egal, ob das Opernhaus in Sydney dem Schälen von Orangen oder Kürbissen entsprungen ist, jetzt ist nicht der Zeitpunkt, darüber zu reden.

»Wo bin ich?«, frage ich böse.

Der Kaki-Anzug gibt keine Antwort.

»Wer sind Sie?«, schreie ich. »Warum haben Sie mich hierher verschleppt?«

Der Kaki-Anzug scheint mit einer solchen Situation vertraut zu sein, jedenfalls ist er von meinem Schrei nicht überrascht. Er zeigt kaum eine Reaktion, sondern steckt sich die restlichen Mandarinenstückchen in den Mund und reibt die Hände aneinander.

»Wo Sie sind, werden Sie nach und nach herausfinden«, sagt er und lächelt. »Um Ihnen eine Vorstellung zu geben, könnten wir sagen, dass es ein Ort ist, der die Fantasie anregt.«

Er holt eine Zigarette aus einem goldenen Etui und zündet sie sich an. Sie riecht angenehm. Ich habe den brennenden Wunsch zu rauchen. Mit einer Zigarette könnte ich meine Gedanken über diese absurde Situation ordnen.

»Kann ich eine haben?«, frage ich beschämt.

Sofort holt der Kaki-Anzug eine Zigarette aus seinem Etui, steckt sie mir in den Mund und zündet sie an. Dann geht er wieder zu dem Typ im schwarzen Anzug und unterhält sich mit ihm. In der Hand hält er einen Hefter.

Tief inhaliere ich den Rauch der Zigarette und denke darüber nach, warum ich verschleppt wurde. Die Männer machen nicht den Eindruck, als wären sie Polizisten. Vielleicht sind sie von diesem Dienst, den ich nur vom Hörensagen kenne. Wenn ja, warum haben sie mich ausgewählt? Ich bin doch über mein Normalsein hinaus eher langweilig. Natürlich habe ich ein paar Knöllchen wegen Falschparken oder Verkehrsverstößen bekommen. Einmal wollte ich betrunken mitten auf der Straße pinkeln. Weil ich das zufällig vor einem Polizeipräsidium tat, wurde ich erwischt. Aber wegen so etwas wird man doch nicht diesen Dienst schicken. Ich grüble, ob ich vielleicht aus Versehen der Sicherheit des Landes Schaden zugefügt haben könnte. Doch mir fällt beim besten Willen nichts ein. Wie denn auch? Wie könnte ich, ein stellvertretender Abteilungsleiter in der Verwaltung eines mittelständischen Betriebes, der Styroporgefäße für Instantnudeln herstellt, Schaden anrichten? Nachdem ich alle möglichen Hypothesen durchgespielt habe, komme ich zu dem Schluss, dass die Leute den Falschen verhaftet haben.

»Hören Sie mal. Ich glaube, Sie arbeiten für den Staat, und irgendwie muss Ihnen ein Fehler unterlaufen sein. Ich will damit sagen, dass Sie sich irren. Werfen Sie einen Blick auf meinen Personalausweis im Portemonnaie, dann werden Sie es sehen. So was kann ja vorkommen, wenn man in einer wichtigen Position arbeitet. Das kann ich nachvollziehen. Ich arbeite selbst in einer Firma und mache tagtäglich kleine Fehler. Ich werde Sie nicht verklagen. Machen Sie sich da keine Sorgen. Also überprüfen Sie meine Identität und lassen Sie mich einfach nach Hause gehen.«

»Halt die Klappe und bleib da sitzen«, sagt der Schwarz-Anzug gereizt.

»Ich heiße Song Jeong-oh. Sehen Sie, was ich meine? Ich bin nicht der, den Sie suchen. Sie sollten sich doch über die Identität im Klaren sein, bevor Sie jemanden einsperren, oder?«

Der Schwarz-Anzug wirft mir einen vernichtenden Blick zu und unterhält sich weiter mit dem Kaki-Anzug. Es scheint, als würden sie meine Worte nicht im Geringsten interessieren.

»Ihr macht einen echt großen Fehler. Ich weiß zwar nicht, was für eine Arbeit ihr macht, aber ich sage euch, ich bin nicht derjenige, den ihr sucht. Ich war nur auf dem Heimweg mit einer Tüte voller Mandarinen. Wenn ihr so weitermacht, ohne meine Identität zu überprüfen, werde ich den Staat auf Schadenersatz verklagen. Und dein Name steht in der ersten Zeile der Anklage. Ja, dich meine ich, im kakifarbenen Anzug, wie ist dein Name?«

Als ich mit der Klage drohe, wendet sich der Schwarz-Anzug zu mir. Er kommt mit langsamen Schritten auf mich zu, hebt ein Bein und tritt mir kräftig an den Hals. Der Kick ist so geschmeidig und schnell, dass man kaum glauben kann, dass er von einem Mann mit 1,90 Metern Körpergröße kommt. Er hat so hart zugetreten, dass die Liege wackelt. Eine Zeit lang kann ich nicht atmen. Während ich zitternd strampele, stößt er heraus:

»Ich sagte, du sollst die Klappe halten.«

»Also, Aufseher Kim, schlag die Ware nicht. Sie darf nicht beschädigt werden, sonst bekommen wir Ärger«, kommentiert der Kaki-Anzug ruhig auf einem der Stühle sitzend.

»Tut mir leid, Chef. Ich habe mich wieder einmal gehen lassen«, erwidert er kleinlaut.

Der Kaki-Anzug drückt seine Zigarette aus und kommt auf mich zu. Er erkundigt sich nach meinem Befinden und streichelt meinen Hals.

»Entschuldigen Sie bitte. Er hat eine grobe Art.«

In einem viel höflicheren Tonfall sage ich: »Sie arbeiten für den Staat und haben wahrscheinlich eine wichtige Position. Ich kann unmöglich die Person sein, die Sie suchen. Das ist eine Tatsache. Ich bin ein ganz normaler Mensch, niemand Besonderes. Daher habe ich mir auch nichts zuschulden kommen lassen. Sie können das zwar selbst lesen, aber ich sage Ihnen, mein Name ist …«

Sofort werde ich von dem Schwarz-Anzug unterbrochen, der aus dem Hefter vorliest: »Name Song Jeong-oh, 32 Jahre alt, Personalausweisnummer 720301-1045632, Adresse Mapo-gu Mangwon-dong 437-2, angestellt als stellvertretender Abteilungsleiter für Verwaltungsangelegenheit bei der Saemyong GmbH, war verheiratet mit Cha Myong-sun, die er am 3. April 1997 in einem Café in Hongcheon kennengelernt hat. Die Hochzeit erfolgte 79 Tage nach dem ersten Kennenlernen. Zwei Jahre später erfolgte die Scheidung im gegenseitigen Einvernehmen, keine Kinder, kein Eintrag zu Unfruchtbarkeit, allergisch auf Pfirsich, als Student und im Wehrdienst jeweils an Tripper erkrankt, eine Narbe neben dem Bauchnabel wegen einer Darmbruch-OP. Soll ich noch weiterlesen?«

Der vorgetragene Inhalt stürzt mich in tiefe Verwunderung. Der Schwarz-Anzug scheint tatsächlich über mich zu sprechen. Aber der Kerl in der Akte ist doch irgendwie ein anderer. Da legt der Kaki-Anzug sein Sakko auf dem Tisch ab, als würde er nun mit der Arbeit loslegen. Er nimmt den Hefter.

»Die Person aus diesen Unterlagen, das bist du, nicht wahr? Oder haben wir den Falschen mitgenommen?«, fragt er plötzlich und spricht mich mit Du an.

»Song Jeong-oh ist tatsächlich mein Name, aber was wollen Sie von mir?«, frage ich verunsichert.

»Dein Großvater heißt Song Ju-chan, stimmt's?«

»Ja, aber ich kenne nur seinen Namen. Ich habe ihn nie zu Gesicht bekommen. Er ist bereits vor meiner Geburt …«

»Er war ein bekannter Partisan. Nachdem er in den Norden übergelaufen war, schaffte er es, stellvertretender Direktor im Politbüro der Arbeiterpartei zu werden. Dein Vater Song Man-gil kam 1957 in den Süden und war seitdem Maulwurf. 1997 wurde seine Identität enttarnt, und er floh nach Vietnam. Dann hat sich in Macau seine Spur verloren.«

»Mein Vater ist auf der Suche nach meiner Mutter nach Vietnam gereist, weil sie mit dem Mann vom Imbiss nebenan durchgebrannt war und sie dann dorthin abgehauen sind.«

Sobald ich mit Reden aufhöre, sieht mich der Kaki-Anzug scharf an. Dann beginnt er wieder zu sprechen: »Dein

Vater hat bis 1997 elf Geflüchtete aus Nordkorea hinterrücks ermordet. Unter ihnen waren drei sehr wichtige Mitglieder der Arbeiterpartei, die sich inzwischen zu Südkorea bekannt hatten. Und auch du hast am 7. März auf dem Flur vor Zimmer 4906 des Walkerhill Hotels mit einer Tokarew und Schalldämpfer ein Attentat auf Kim Seok-san verübt.«

»Hä, wer ist Kim Seok-san?«

»Ein früheres Mitglied des Ständigen Ausschusses des Politbüros der Arbeiterpartei«, antwortet der Kaki-Anzug.

Arbeiterpartei, Maulwurf, Attentat, Tokarew … Nach diesen Worten des Kaki-Anzugs muss ich plötzlich in mich hineinlachen.

»Haha, Sie irren sich, und zwar gewaltig. Mein Vater ist ein Nichtsnutz. Ein Schurke, der nichts anderes im Sinn hatte, als Frauen auszunehmen. Mit seinem dicken Bauch hatte er Schwierigkeiten, Treppen zu steigen. Ein Maulwurf, er? Ein Typ mit so miserabler Kondition kann keine Spionage betreiben. Da lachen ja die Hühner. Und ich mache nicht einmal beim Schießtraining für Reservisten mit. Die Ausbilder dort sagen, dass sie alle von der Übung streichen, die Angst vorm Schießen haben. Auch da mache ich nicht mit. Warum sollte ich schießen? Was hat man davon? Es ist besser, im Schatten eine zu rauchen. Und … was sagten Sie? Ein To, was? Tokare mit Schalldämpfer? Das ist ja ein tolles Märchen. Ja, ein wahres Meisterstück ist das. Haha!«

Der Schwarz-Anzug schüttelt leicht den Kopf in Richtung des Kaki-Anzugs, als wollte er sagen, dass es so nicht weitergeht. Der nickt, als wäre das ganz normal, und sagt: »Hey, Aufseher Kim, bereite die Apparatur vor.«

Der kippt die Liege nach hinten und schaltet das Gerät

daneben an. Regelmäßige Signale ertönen, und ich bekomme es auf einmal mit der Angst zu tun. Bis eben habe ich geglaubt, freigelassen zu werden, sobald meine Identität geklärt ist. Also war ich einigermaßen entspannt. Aber jetzt sieht es nach dem Beginn einer Folter aus. Was bringt es, wenn man mir nach ausgiebiger Folter sagen würde, »Oh nein, tut uns sehr leid, uns ist ein Fehler unterlaufen«? Ich schreie, dass ich keine Ahnung habe, worum es geht, dass sie sich irren, dass ich nicht die gesuchte Person bin. »Halt's Maul, du Mistkerl!«, zischt der Schwarz-Anzug. Er scheint darauf bedacht zu sein, seinen Vorgesetzten nicht zu verärgern. Dann schmiert er Gel an meine Finger und auf meine Brust. Es ist so kalt, dass es mich schaudert. Auf alle zehn Finger steckt er Dinger, die wie Fingerhüte aussehen und mit Kabeln verbunden sind. An meine Brustwarzen heftet er ein Ding, das einer Zange gleicht. Der Kaki-Anzug drückt seine Zigarette im Aschenbecher aus und kommt langsam auf mich zu.

»Diese Apparatur heißt Wiedergeburt. Dieses Foltergerät wurde mit dem Ziel entwickelt, Menschen maximales Leid zuzufügen. Wiedergeburt bedeutet Regeneration oder Auferstehung. Sie wird dem Namen vollends gerecht. Alle Staaten der Welt besitzen so einen Apparat, doch sie verschweigen es, denn er ist sehr wirkungsvoll. Nutzt man ihn, erkennt man plötzlich, wie gebrechlich Wahrheiten, Überzeugungen und Ideologien sind, an die man immer fest geglaubt hat. In den letzten 30 Jahren habe ich keinen einzigen Menschen gesehen, der bis zum Schluss seinen Prinzipien treu geblieben ist.«

Ich hatte nie so etwas wie Überzeugungen oder eine Ideologie. Warum sollte ich auch so etwas Ehrwürdiges haben? Ich bin aus Versehen verschleppt worden. Ich bin lediglich ein kleiner Angestellter in einer Firma, die Styroporgefäße für Instantnudeln herstellt. Und diese Menschen halten mich fälschlicherweise für einen Spion für Nordkorea.

»Sie haben sich in mir getäuscht«, sage ich mit zitternder Stimme. »Ich bin nicht diese schreckliche Person, nach der Sie suchen. Glauben Sie mir. Hier liegt ein gewaltiger Fehler vor.«

Aber der Kaki-Anzug zeigt noch nicht einmal ansatzweise Interesse, mir zuhören zu wollen.

»Benutzt man keine Musik dabei?«, will er wissen.

»Das tut man besser später, wenn das Gerät angelaufen ist«, antwortet der Schwarz-Anzug. »Wenn die Ware zu sehr erschöpft wird, leidet die Klarheit.«

»Einverstanden. Die darf auf keinen Fall leiden.« Der Kaki-Anzug nickt zustimmend. Dann dreht er sich zu mir. »Was wir von dir wissen wollen, ist nicht, ob du Kim Seoksan getötet hast oder nicht. Wie ihr das Ganze inszeniert habt, wissen wir schon alles. Wir möchten aber mehr über den tatsächlichen Ablauf des Attentats erfahren. Welche Orientierungspunkte du auf dem Flur benutzt hast, in welcher Etage du aus dem Aufzug gestiegen bist, welche Kleidung du getragen hast, wo und was du gefrühstückt hast, also Informationen, über die nur du verfügst.«

Der Schwarz-Anzug schiebt einen Schalter nach dem anderen nach oben und prüft, ob die Sensoren des Apparats richtig funktionieren. Ich denke, dass ich auf der Stelle irgendwelche Ausflüchte machen müsste, aber mir fällt nichts ein. Selbst wenn ich nicht vor Angst zittern würde, was könnte ich denn zu diesem Spionagevorwurf oder zu diesem Attentat sagen?

»Du hast nichts zu sagen?«, fragt der Kaki-Anzug. »Ich mache meinen Job seit 30 Jahren. Am Ende rücken sie alle mit allem heraus. Ich begreife nicht, warum sich die Menschen das Leben selbst so schwer machen müssen. Wahrscheinlich haben sie ein weniger schlechtes Gewissen, wenn sie erst leiden und dann alles gestehen. Unter diesem Gesichtspunkt ist der Mensch ein wirklich schwer zu verstehendes Wesen. Meinst du nicht, Aufseher Kim?«

»Ja, Chef«, antwortet der Schwarz-Anzug flüchtig.

»Ich habe wirklich keine Ahnung, wo ich hier reingeraten bin. Was ist hier los?«, rufe ich mit Tränen in den Augen.

»Mach dir keine Sorgen. Du wirst gleich erfahren, was hier los ist«, sagt der Kaki-Anzug. Dann reicht ihm der Schwarz-Anzug eine Fernbedienung.

»Alles ist bereit, Chef.«

Der Kaki-Anzug nimmt sie, geht zurück zum Tisch und setzt sich. Dann schlägt er eine Zeitung auf, zündet sich eine Zigarette an und drückt einen Knopf, als würde er den Fernseher einschalten. In diesem Augenblick schießt etwas in meine Finger. Es fühlt sich an wie ein Stromschlag oder als ob man die Hände in eiskaltes Wasser taucht. Die Impulse werden immer stärker und mächtiger. Die von allen Fingern ausgehenden Schockwellen treffen sich in meinem Herzen und beginnen, miteinander zu reagieren. Ich habe das Gefühl, als würden tausend Rasierklingen in meine Eingeweide schneiden. Vor Qual kann ich nicht einmal schreien. Ich bin absolut nicht in der Lage, den leisesten Laut von mir zu geben. Wie kann man eine Maschine erfinden, die Menschen solches Leid zufügt? Auf einmal erkenne ich, dass alle Folterszenen in Filmen oder Fernsehserien falsch sind. Wenn ein Mensch solche extremen Schmerzen hat, kann er nicht schreien. Während ich stumm leidend alle viere von mir strecke, kommt eine gertenschlanke, hübsche Mitarbeiterin mit einem Glas Orangensaft herein und stellt es auf den Tisch vor dem Kaki-Anzug ab.

»Möchten Sie noch etwas, Chef?«, fragt sie in einem unauffälligen Tonfall.

»Nein, danke für den Saft.«

Nach etwa einer Stunde drückt der Kaki-Anzug wieder auf die Fernbedienung, und die Apparatur geht aus. Die Rasierklingen ziehen sich allmählich aus meinem Körper zurück. Ich liege schlaff da, Speichel läuft mir aus dem Mundwinkel.

»Was ist mit dem los? War das Stufe drei?«, fragt der Kaki-Anzug.

»Es war Stufe eins.«

»Echt? Der stellt sich aber an. Bei Stufe drei ist die Ware wohl gleich erledigt. Mach Stufe zwei. Und schalte die Musik ein.«

Als ich höre, dass sie das Gerät wieder einschalten wollen, bin ich so entsetzt, dass ich irgendeine Ausrede vorbringen möchte, aber meine Zunge bewegt sich einfach nicht. Tatsächlich kann ich absolut gar nichts bewegen. Der Schwarz-Anzug setzt mir Kopfhörer auf. Der Kaki-Anzug trinkt etwas von seinem Orangensaft, schlägt die Zeitung auf und drückt auf die Fernbedienung. Wieder schlängelt sich etwas Kühles zwischen meine Finger, und sofort schneiden die Rasierklingen Stück für Stück in meine Eingeweide. Über die Ohrhörer ist die ganze Zeit ein schrilles Geräusch zu vernehmen, als würde man mit einem Nagel an einer Fensterscheibe kratzen. Durch die Schmerzen und die

Krämpfe bin ich immer wieder ohnmächtig geworden. Noch immer auf der Liege angeschnallt zu sein, als ich aus der Ohnmacht erwache, macht alles noch unerträglicher. Tausende Rasierklingen bohren sich durch die Innereien meines Körpers, und ich höre dieses kreischend metallene Kratzen. Es fühlt sich an, als würden die Klingen einen Nerv nach dem anderen freilegen und diese zerfetzten Stücke dann in Salzsäure getaucht werden. Ich winde mich und bekomme Krampfanfälle. Währenddessen lassen sich die zwei Typen eine Ochsenknochensuppe als Mittagessen liefern, rauchen und scherzen mit der Mitarbeiterin, die ihnen den Tee bringt. Ich kann weder schreien noch denken. Mein einziger Wunsch ist es, dass das hier aufhört und ich sterbe. Nach einem halben Tag stoppt das Gerät endlich, und der Kaki-Anzug kommt auf mich zu.

»Dieses Ding ist mit zehn Stufen und äußerst abwechslungsreicher Musik ausgestattet. Also wirst du dich nicht langweilen. Na, wie sieht es aus? Wollen wir weitermachen?«

»Ich mache alles, was Sie mir sagen. Ehrenwort. Wenn Sie mir sagen, was Sie von mir wollen, kann ich es tun. Ich schwöre. Bitte, verwenden Sie nur dieses Gerät nicht weiter. Ich flehe Sie an.« Ich zittere am ganzen Leib.

»Du bist ein Mörder, oder?«, fragt der Kaki-Anzug.

»Ja, ich bin ein Mörder«, antworte ich weinend, »da bin ich mir ganz sicher.«

»Und ein Spion?«

»Auch ein Spion. Klar bin ich das«, sage ich mit Schaum vor dem Mund.

»Dann kannst du bestimmt ausführlich erzählen, wie du Kim Seok-san ermordet hast.«

»Ja, natürlich. Selbstverständlich kann ich alles genau erzählen. Wirklich, ich kann es ausführlich erzählen.«

»Mach ihn los«, sagt der Kaki-Anzug zum Schwarz-Anzug. Der kommt und bindet mich los. Ich habe zwar keine Ahnung von dem Spion, dem Attentat, der Arbeiterpartei und wer der Tote Kim Seok-san ist. Aber es gibt nichts, was ich nicht tun würde, um dieser Liege und der furchtbaren Musik zu entkommen.

»Dann schreib jetzt ein Vernehmungsprotokoll«, sagt der Kaki-Anzug.

»Worüber soll ich schreiben?«, frage ich mit geneigtem Kopf.

»Du sollst alles über dich aufschreiben. Über dein Leben, deinen Vater und Kim Seok-san, den du getötet hast. Und ab und zu darfst du über Blumen, den Wind und Windeln auf der Wäscheleine schreiben, die darin flattern.«

»Im Wind flatternde Windeln?«

Statt einer Antwort zwinkert mir der Kaki-Anzug nur zu, als hätte er einen Witz gemacht.

»Hier sind ein Stift und Papier. Beschreib die Umstände, wie es zu dem Vorfall gekommen ist, realistisch. Maximal realistisch, verstanden? Der Kern dieses Protokolls ist Authentizität.«

Auf die strenge Anordnung hin nicke ich.

»Aufseher Kim, gib ihm die Akte.«

Der Schwarz-Anzug bringt einen dicken Hefter und legt ihn auf den Tisch.

»Hier sind der Polizeibericht über den Mord, der Obduktionsbericht vom National Forensik Service sowie Zeitungsartikel mit allen möglichen Fragen der Journalisten über das

Attentat auf Kim Seok-san. Die Artikel sind zwar alle Müll, aber lies sie trotzdem. Wir erwarten von dir, dass du auf dieser Grundlage ein detailliertes und authentisches Vernehmungsprotokoll schreibst, das alle Zweifel ausräumt. Hast du verstanden?«

Wieder nicke ich mechanisch.

»Ich komme in zwölf Stunden wieder. Bis dahin solltest du damit fertig sein, oder? Falls mir dein Protokoll nicht gefällt, wird dieser Apparat in zwölf Stunden dein Lebensbegleiter.«

Bibbernd bestätige ich ihm, dass ich mir das sehr zu Herzen nehmen werde.

Der Schwarz-Anzug legt ein Bündel Stifte und einen Block auf den Tisch. Dann verlässt er mit dem Kaki-Anzug den Raum.

Erst jetzt kann ich aufatmen. Ich kontrolliere meinen gesamten Körper, um mich zu vergewissern, ob ich durch die Folter verletzt wurde. Ich blute nicht und habe auch keine Schmerzen. Das Gerät fügt wahrscheinlich nur innerlich Schmerzen zu, ohne äußerliche Spuren zu hinterlassen. Ich schlage den Hefter auf. Darin liegen Dutzende furchtbare Fotos von einem Mann, der jeweils fünf Schüsse in die Brust und den Hals bekommen hat. Am unteren Rand der Fotos ist Auskunft über die mutmaßliche Tatzeit und den Tatort vermerkt. Die sorgfältig zusammengestellte Pressemappe enthält die Artikel aller großen Tageszeitungen über die Ermordung des Überläufers Kim Seok-san, eines ehemaligen Funktionärs der Arbeiterpartei. Daraus geht hervor, dass die Polizei Folgendes vermutet: Entweder wurden die Täter vom Militär nach Südkorea geschickt, das die Versöhnung mit dem Süden fürchtet, oder ein Maulwurf, der schon lange in Südkorea ansässig ist, hat das Attentat verübt. Dafür hatte man Anhaltspunkte ermittelt. Die meisten Artikel ähneln einander, in einigen jedoch wird auch die Meinung vertreten, dass diese Annahmen angesichts der Hungersnot und Lebensmittelknappheit im Norden nicht überzeugend seien. Auch wenn das Militär den Zusammenbruch des Regimes fürchtet, würden sie es nicht wagen, mitten im Herzen von Seoul ein Attentat zu verüben. Darüber hinaus ist Kim Seok-san politisch keine wichtige Persönlichkeit, und zwar weder für den Norden noch für den Süden. Manche scheinen misstrauisch, dass dieser Fall gerade kurz vor der Wahl in den Vordergrund gerückt wird.

Ich sehe mir alle Artikel an, habe aber keinen Schimmer, wie ich daraus ein Protokoll verfassen soll. Den Worten des Kaki-Anzugs zufolge soll ich etwas schreiben, was mit den Angaben der Polizei und des Obduktionsarztes übereinstimmt und darüber hinaus alle Zweifel der Journalisten aus der Welt schafft. Ich schüttle den Kopf. Wie soll das gehen? Ich habe keine Ahnung von diesem Fall. Bisher habe ich nicht einmal eine Maus getötet und jetzt soll ich zu so etwas aussagen? Ich kenne weder das Opfer noch den Hintergrund seines Todes, noch politische Details. Außerdem kenne ich mich nicht mit Handfeuerwaffen aus. In meinem gesamten Leben habe ich beim Training für den Wehrdienst zweimal mit einem Gewehr geschossen. Beim ersten Schuss ist sogar die Patrone stecken geblieben, sodass mir der Ausbilder helfen musste. Dann habe ich einmal in die Luft geschossen. Das war alles. Ich habe noch nie eine echte Pistole gesehen. Ein Soldat gelangt nicht an so etwas. Plötzlich bekomme ich

Angst. Ich werde es niemals schaffen, dieses Protokoll zu schreiben. Ich habe schlicht und ergreifend keinerlei Wissen über dieses Attentat und weder direkt noch indirekt irgendeine Erfahrung dieser Art. Ich kann es nicht. Unmöglich. Ich raufe mir die Haare. Wenn ich aber sage, dass ich es beim besten Willen nicht schreiben kann, weil ich es nicht war, wird mich der Kaki-Anzug wieder auf die Liege schnallen. Er wird sich keine Ausrede von mir anhören. Womöglich wird er mich dann mit Stufe drei foltern. Das traue ich ihm zu. Denn während ich schwerste Qualen litt, hat er Ochsenknochensuppe gegessen, geraucht und mit einer Mitarbeiterin gescherzt. Schon beim Gedanken daran schüttelt es mich vor Angst. Ich muss. Ich muss etwas schreiben, komme, was wolle. Nie wieder möchte ich auf dieses Gerät steigen müssen. Ich sehe auf die Uhr. Eine Stunde ist schon vergangen.

Ich schiebe den Tisch und einen der Stühle aus der Mitte des Raumes in eine Ecke. Irgendwie habe ich das Gefühl, dass mich der Tisch ansonsten beunruhigt und dass ich mich dadurch nicht konzentrieren kann. Dann lege ich den Block und die Stifte in die Tischmitte. Den Wecker stelle ich an den Rand, der Hefter kommt an das Kopfende des Tisches. Nun ist alles bereit. Ich nehme den Stift in die Hand.

Schreiben ... aber was? Jetzt, wo ich den Stift habe, habe ich nichts zu schreiben. Ich fange an: »Ich habe ein Attentat auf Kim Seok-san verübt. Es tut mir leid.« Dann zerreiße ich das Blatt. Ein neuer Versuch. »Ich heiße Song Jeong-oh und bin 32 Jahre alt. Ich arbeite in der Verwaltung der Saemyong GmbH. Das ist ein solides Unternehmen, in dem Gefäße für Instantnudeln hergestellt werden. Ich habe Kim Seok-san im Flur des Hotels Walkerhill erschossen. Ich schwöre es. Bei seinen Hinterbliebenen möchte ich mich aufrichtig entschuldigen.« Ich lese es noch einmal, und es klingt komplett schwachsinnig. Wieder raufe ich mir die Haare. Mir bleiben nicht mal mehr zehn Stunden.

Eine ganze Weile fahre ich mir wie wild durch die Haare, zerreiße Blätter und stehe auf. So kann das nicht funktionieren. Ich laufe auf und ab. Dann lese ich wieder in den Akten. Ich nehme die Fotos heraus und sehe sie mir aus verschiedenen Blickwinkeln an. Über drei Stunden wiederholt sich das. Dabei sehe ich zur Decke und murmele: »Ich bin ein Maulwurf aus dem Norden. Ich bin Attentäter Song Jeong-oh. Ich bin ein Agent, der auf Attentate spezialisiert ist. Ich bin der Enkel des Partisanen Song Ju-chan und der Sohn von Song Man-gil, der ebenfalls ein Maulwurf ist. Von klein auf wurde ich als Agent ausgebildet, von meinem Vater und von anderen Spionen, die meinen Vater besuchten. Ich gab vor, ein durchschnittliches Leben zu führen, um keine Aufmerksamkeit zu erregen. Aber in Wirklichkeit lernte ich, wie man mit Sprengstoff und Waffen umgeht und wie man tötet, wann immer es möglich war. Ich bin der auf Attentate spezialisierte Agent Song Jeong-oh. Ich bin <u>ein skrupelloser Killer,</u> der eiskalte Song Jeong-oh.«

All das spreche ich drei Stunden lang vor mich hin, dann setze ich mich wieder. Mir bleiben nur noch sechs Stunden, meiner Meinung nach sollten die jedoch ausreichen. Ich nutze meine Autosuggestion, nehme den Stift und beginne zu schreiben. »Ich bin der auf Attentate spezialisierte Agent Song Jeong-oh. Ich bin der Sohn des Maulwurfs Song Man-gil. Ich bin ein Attentäter …«

Ohne noch mal aufzustehen, schreibe ich das Vernehmungsprotokoll innerhalb einiger Stunden. In meinen Augen sieht alles plausibel aus. Ich nehme an, dass es dem Kaki-Anzug gefallen wird. Bis zur Abgabe bleiben mir zwei Stunden. Nun einigermaßen erleichtert, schlafe ich im Sitzen mit dem Kopf auf dem Tisch ein.

Als ich aufwache, sind die zwei Männer bereits im Raum. Der Schwarz-Anzug steht kerzengerade da, während der Kaki-Anzug mein Protokoll liest. Letzterer zieht die Augenbrauen zusammen, als würde es ihm ganz und gar nicht gefallen.

»Du Arschloch, was soll das denn hier? Ich verstehe kein Wort. Ich habe dir zwölf Stunden dafür gegeben, und das ist alles, was du in dieser ewig langen Zeit zustande gebracht hast? Und dann bist du einfach so eingepennt, oder wie? Du gottverdammter Hurensohn. Warum benutzt du so viele Attribute? Bitte was? Eine jemandem schon beim Anblick Angst einjagende, mit schwarzem Schalldämpfer ausgestattete, glänzende Tokarew?«

Er scheint sehr verärgert. Ich fand alles zufriedenstellend, aber er macht den Text dermaßen schlecht, dass ich es ziemlich unfair finde.

»Sie haben mir gesagt, ich soll authentisch und detailreich schreiben. Genau das habe ich doch versucht.«

Er starrt mich unzufrieden an und sagt zum Schwarz-Anzug: »Aufseher Kim, mit diesem Kerl kann man nicht reden. Steck ihn an den Apparat und lass ihn auf Stufe drei zwölf Stunden laufen.«

Der Typ schleppt mich sofort zum Apparat und klemmt mich dran. Bald werden wieder die Rasierklingen durch meine Eingeweide sensen. Vor Angst mache ich mir in die Hose.

»Ich werde es besser machen. Ich mache es besser. Bitte geben Sie mir noch eine Chance. Ich schwöre es. Ich glaube, ich kann es dieses Mal wirklich besser schreiben. Bitte stecken Sie mich nur nicht wieder an das Gerät. Ich habe das Wort authentisch missverstanden. Aber jetzt verstehe ich, was genau Authentizität bedeutet. Wirklich. Bitte geben Sie mir noch eine Chance. Ich kann es besser. Bitte, ich flehe Sie an.«

Ich bettle unter Tränen und mit laufender Nase. Beide sehen einander an und schmunzeln.

»Du glaubst, jetzt verstanden zu haben, was Authentizität bedeutet?«, fragt der Kaki-Anzug lächelnd.

»Ja, ich verstehe es ganz genau«, antworte ich entschlossen.

»In Ordnung. Dann gebe ich dir noch eine Chance. Lass ihn los.«

Der Schwarz-Anzug bindet mich von dem Apparat los. Ich bin so dankbar, noch eine Chance zu bekommen, dass ich mich vor ihm verbeuge: »Danke, vielen Dank! Dieses Mal werde ich Sie auf gar keinen Fall enttäuschen.«

Der Kaki-Anzug setzt sich, zündet sich eine Zigarette an und liest mein Protokoll noch einmal.

»Die Sätze müssen kurz sein. Klar, deutlich und leserfreundlich. Keine unnötigen Attribute. Schreib nicht von einer jemandem schon beim Anblick Angst einjagenden, mit schwarzem Schalldämpfer ausgestatteten, glänzenden Tokarew, sondern einfach von einer Tokarew. Okay?«

Ich nicke bei jedem seiner Worte.

»Und beschreib nicht wahllos. Die Autos auf dem Parkplatz vor dem Hotel, die Farbe der Mülleimer, die Kleidung des Hotelpersonals, so etwas braucht doch kein Mensch, oder? Du bist ein Attentäter, also schreib über die Anhaltspunkte, die du als Agent genutzt hast. Oder in welcher Haltung Kim Seok-san gestorben ist. Warum alle Einzelheiten aufschreiben? Dadurch wird das Ganze nur mit belanglosem Zeug in die Länge gezogen. Der Kern eines Vernehmungsprotokolls ist Wirtschaftlichkeit. Wirtschaftliche Sätze, verstanden?«

Ich nicke und signalisiere meine Aufmerksamkeit.

»Aufseher Kim, gib dem Kerl was zu essen«, befiehlt der Kaki-Anzug. Zu mir gewandt: »Brauchst du etwas Bestimmtes zum Schreiben?«

Ich will gerade ansetzen, etwas zu sagen, halte dann aber inne. Der Kaki-Anzug meint, ich solle es ruhig sagen, es sei kein Problem. Ich beginne, sehr unterwürfig und mit sehr leiser Stimme zu sprechen.

»Kugelschreiber gibt es hier nur in Schwarz. Ich brauche aber auch rote und blaue. Neonmarker wären auch gut. Beim Zusammenfassen der Materialien aus dem Hefter kann man mit nur einer Farbe nicht übersichtlich arbeiten. Für die Akten brauche ich ein Klemmbrett. Außerdem Klebezettel und eine Moderationstafel, an die ich die Klebezettel heften kann, um die Übersicht zu behalten. Das habe ich immer im Büro.«

»Hm, ja, es ist sehr wichtig, die gesamte Situation mit einem Blick erfassen zu können. Noch etwas?«

»Der Wecker tickt zu laut. Das macht mich nervös. Wenn Sie den durch eine digitale Uhr ersetzen würden, wäre das schön. Und ich wünsche mir, hier rauchen zu dürfen. Ohne Zigarette kann ich mich überhaupt nicht konzentrieren. Und als Letztes bitte ich Sie, die Apparatur wegzuräumen. Bei ihrem Anblick bekomme ich solche Panik, dass ich nicht schreiben kann.«

Ich hätte zwar noch weitere Wünsche, beispielsweise zu duschen, bei der Arbeit zu telefonieren oder einen Kaffee zu trinken, aber wenn ich das sage, könnte ich wieder am Apparat landen. Die Angst davor lässt mich verstummen. Der Kaki-Anzug scheint über meine Forderungen etwas überrascht, nickt dann aber und macht den Eindruck, als ob sie naheliegend seien.

»In Ordnung. Das kann ich einrichten. Aber die Apparatur wegräumen geht nicht. Nach unseren langjährigen Erfahrungen ist ihre Anwesenheit notwendig, um gute Ergebnisse zu erzielen.«

Der Kaki-Anzug verlässt den Raum, und der Schwarz-Anzug bringt eine 10er-Stange Zigaretten, einen digitalen Wecker, ein Klemmbrett, einen roten und einen blauen Kugelschreiber, eine Packung Neonmarker mit sogar sieben verschiedenen Farben, Klebezettel und eine große Moderationstafel. Gleich danach wird eine dampfende Ochsenknochensuppe mit Reis geliefert. Weil ich lange Zeit nichts gegessen habe, schmeckt sie wahnsinnig gut. Ich löffle sie bis zum letzten Tropfen. Dann rauche ich. Dabei blicke ich auf die Klebezettel, die Kugelschreiber sowie die Neonmarker. Ich weiß nicht, warum, aber plötzlich fühle ich mich glücklich. Mit einem zufriedenen Lächeln drücke ich die Kippe aus und ordne die Sachen auf dem Tisch. An die Stelle des Weckers stelle ich die digitale Uhr. Die Materialien aus der Akte stecke ich ans Klemmbrett. In die Tischmitte lege ich das Papier, daneben die Kugelschreiber in der Reihenfolge schwarz, rot und blau. Links davon stelle ich einen Pappbecher als Aschenbecherersatz auf. Dann gehe ich ein paar Schritte zurück und betrachte die neue Anordnung. Ich bin sehr zufrieden damit.

Als ich auf die Uhr sehe, springe ich vor Schreck von meinem Platz. Schon zwei Stunden habe ich verbraucht. Der Kaki-Anzug kommt in zehn Stunden, um mein Protokoll zu prüfen. Bei diesem Gedanken beginnt mein Herz, schneller zu schlagen. Wieder gehe ich im Raum hin und her, um mich in den Attentäter Song Jeong-oh zu verwandeln. »Ich bin der Attentäter Song Jeong-oh. Ich bin ein Agent, der auf Attentate spezialisiert ist. Ich bin der Enkel des Partisanen Song Juchan und der Sohn des Maulwurfs Song Man-gil. Ich bin ein skrupelloser Killer, der eiskalte Song Jeong-oh.«

Als der Kaki-Anzug am nächsten Tag mein Protokoll liest, kann er seine Freude nicht verbergen.

»Es ist viel besser geworden. Ja, so muss es sein. Gut. Mach weiter so, du bist auf dem richtigen Weg«, sagt er anerkennend. »Die Sätze sind kurz und klar. Mir gefällt vor allem diese Passage: ›Ich bin ein auf Attentate spezialisierter Agent. Also weiß ich nichts von den politischen Hintergründen, die damit zusammenhängen, genauso wenig von der Absicht der Partei. Ein Agent befolgt Anordnungen. Das ist sein Job. Er braucht keine anderen Informationen und hat auch kein Interesse daran.‹ Hm, das ist wirklich gut. Hut ab! Mit diesem Satz schaffst du echt alle Zweifel aus der Welt. Das ist kristallklar und kategorisch.«

Bei diesen Worten des Kaki-Anzugs beruhige ich mich ein wenig. Ich bin überzeugt, heute nicht an den Apparat zu müssen. Außerdem freue ich mich, dass ihm mein Text so gut gefällt.

»Aber dieser Ausdruck hier stört mich: ›Trotzdem kommen mir beim Anblick der Leiche Tränen, da ich an die Hinterbliebenen denken muss.‹ Was soll das? Denkst du, dass sich ein Attentäter so ausdrückt? Du solltest keine billigen Emotionen beimischen. Schreib kühl wie ein Killer. Und was hat diese ›entschlossene Haltung‹ hier zu suchen? Du bist kein Nationalheld. Du bist nur ein Attentäter. Also bleibst du auch beim Tonfall eines Attentäters. Merk dir das. Schreib kalt wie ein Attentäter, kalt!«

»Jawohl!«, bekunde ich, dass ich verstanden habe.

Der Kaki-Anzug klopft mir auf die Schulter. Anscheinend soll das eine Ermutigung sein, so weiterzumachen. Dann verlässt er den Raum und schließt die Tür hinter sich.

Ich setze mich an den Tisch. Dann streune ich wieder im Raum auf und ab, um mich auf das Schreiben zu konzentrieren. »Ich bin ein Attentäter, ein skrupelloser, eiskalter Attentäter. Ich bin kalt. Ich kenne die Absichten der Partei nicht. Ich muss sie nicht kennen und ich will es auch nicht. Der professionelle Killer Song Jeong-oh bin ich.«

Seitdem kommt der Kaki-Anzug alle zwölf Stunden rein, und das schätzungsweise ein paar Monate lang. Jedes Mal zeige ich ihm mein Protokoll, das ich während der vergangenen zwölf Stunden geschrieben habe. Mal sagt er etwas brummig, dass ich keinen Fortschritt mache, mal ärgert er sich, dass es nicht realistisch genug ist. Es gibt gute und schlechte Zeiten. Auf die Liege musste ich in diesen Monaten noch zwei weitere Male. Im Großen und Ganzen, sagt der Kaki-Anzug, würden meine Texte immer besser werden. Auch ich denke, dass sie sich gut entwickelt haben.

Auf meinem Schreibtisch hat sich ebenfalls viel verändert. Statt auf Papier schreibe ich am Computer. So geht es schneller. Sogar einen Drucker habe ich. Es ist kaum zu glauben, aber ich habe mittlerweile eine Vase. Whisky und Kaffee bekomme ich und auch Medikamente, die mich wach halten. Mit einem Radio kann ich beim Schreiben Musik hören. Jedes Mal, wenn mir der Kaki-Anzug neue Unterlagen bringt, fange ich mit dem Protokoll von vorn an oder überarbeite es. Ich interpretiere die Materialien, ergänze sie und füge Vorfälle, die zusammenhangslos verstreut sind, logisch zusammen. Jeden Tag stelle ich mir die Vorfälle aus dem Protokoll vor, fühle sie, atme sie. Ich gewinne meine Protokoll-Welt immer und immer lieber. Eine Welt ohne jeglichen Zweifel und ohne Widerspruch! »Nirgends auf der Welt gibt es einen Ort, der so logisch und klar ist«, murmele ich. Jetzt muss mich keiner mehr zu Unrecht als Attentäter beschuldigen. Ich bin der Attentäter, ja, ich bin das Protokoll selbst! Ich habe das Gefühl, dass ich innerhalb von zwölf Stunden jedes Protokoll perfekt schreiben könnte, wenn man mir nur die Materialien dazu bringt.

Erneut wache ich auf und finde mich auf dem Boden der Tiefgarage wieder, wo ich zum ersten Mal mit dem Kerl im schwarzen Anzug zusammengetroffen war. Ein Hund ohne Herrchen schnüffelt an meinem Gesicht. Mit der Hand verscheuche ich ihn und stehe auf. Mir ist sehr schwindlig. An meinem linken Handgelenk baumelt eine Plastiktüte. Ich mache sie auf und sehe, dass sie voller Mandarinen ist. Ich nehme eine heraus und versuche, sie zu schälen, aber meine Finger sind so kraftlos, dass es mir nicht gelingt.

Plötzlich kommen zwei Männer in Lederjacken auf mich zu. Die linke Lederjacke fragt: »Sind Sie Herr Song Jeong-goh?« Ich nicke. Dann dreht mir die rechte Lederjacke ohne Vorwarnung meinen Arm auf den Rücken und legt mir Handschellen an. »Ich nehme Sie fest wegen Mordverdachts an Kim Seok-san.« Außerdem sagt er noch irgendetwas anderes, aber in meinem Kopf dreht sich alles so sehr, dass ich ihn nicht mehr verstehen kann. Beide Lederjacken pressen mich in einen Geländewagen, und nach kurzer Fahrt kommen wir vor einem großen Gebäude an. Ich steige aus, und viele Reporter stürzen auf mich zu. Sie machen andauernd Fotos und stellen ununterbrochen Fragen. Die Lederjacken schieben sie still zur Seite und bringen mich zu einem Zimmer mit einem Tisch in der Mitte. Dort ist zum Glück nichts zu sehen, was an einen Zahnarztstuhl erinnert.

Wenig später kommt ein Mann mit einer goldenen Brille. Er hat einen Laptop dabei und setzt sich vor mich. Er klappt seinen Laptop auf und fragt: »Name?«

Weil es mir so schwindlig ist, sage ich nichts. Die Goldrandbrille lacht in sich hinein und tippt »Song Jeong-oh«.

Dann fragt er: »Personalausweisnummer?«

Ich antworte immer noch nicht.

Er tippt in seinen Laptop und sagt: »720301-1045632. Stimmt's?«

Jetzt seufzt er und fragt, ob ich nichts weiter sagen wolle. Ich sehe auf die Neonröhren an der Decke und erwidere, dass meine Augen schmerzen, weil sie zu hell sind. Er schiebt seinen Laptop etwas zur Seite und sagt brummig: »Ich kann mir wohl abschminken, dieses Vernehmungsprotokoll heute Nacht fertig zu schreiben.«

Plötzlich fangen meine Augen an zu strahlen, als hätte man eine Lampe eingeschaltet.

»Sie wollen ein Vernehmungsprotokoll schreiben? Das muss ich machen. Das darf man nicht einfach so schreiben. Die Sätze dürfen nicht mit zu vielen Attributen in die Länge gezogen werden und sollten keine unnötigen Beschreibungen enthalten. Authentizität und Wirtschaftlichkeit sind sehr wichtig. Es muss mit dem übereinstimmen, was in der Akte steht. Wissen Sie? Auch der Tonfall ist von Bedeutung. Ein Attentäter muss einen kalten Stil haben, nicht den Stil eines Nationalhelden. Geben Sie mir ruhig den Laptop. Ich kann das innerhalb von zwei Stunden für Sie schreiben.«

Ich ziehe seinen Laptop zu mir heran und beginne zu schreiben. Die Goldrandbrille macht ein verdutztes Gesicht. Dann sieht er, dass ich dabei bin, den Fall Punkt für Punkt zu schildern, und stellt mir nur die Frage, ob ich noch was brauche. Ich sage ihm, dass es schön wäre, wenn ich die großen Tageszeitungen, Zigaretten, Whisky, Kugelschreiber in den drei Farben Schwarz, Rot und Blau sowie Textmarker in sieben verschiedenen Farben bekommen könnte. Und zum Abendessen hätte ich gern Ochsenknochensuppe mit Reis.

Ich brauche nicht einmal zwei Stunden, um das Protokoll zu schreiben. Ich lese es noch einmal durch und denke, dass es das beste ist, das ich je geschrieben habe. Anschließend trinke ich ein Glas Whisky und löffle die Suppe, die mir geliefert wurde. Einige Ermittler kommen in das Vernehmungszimmer. Sie scheinen über mein Protokoll sehr überrascht zu sein. Der dem Aussehen nach älteste Kommissar sagt: »Er weiß so genau über die konkreten Umstände Bescheid, dass er der Täter sein muss. Aber irgendwie habe ich so ein mulmiges Bauchgefühl.« Ich bin gerade noch mitten beim Essen, doch das »mulmige Bauchgefühl« versetzt mir so einen Schrecken, dass ich von meinem Platz aufspringe. Dann spreche ich so hastig, dass mir die Reiskörner aus dem Mund fliegen.

»Fehlt etwas? Sie müssen mir nur sagen, was fehlt. Bitte schnallen Sie mich nicht auf den Apparat. Ich kann Ihnen das noch realistischer und konkreter schreiben. Ich schwöre es. Geben Sie mir einen Hinweis, was genau fehlt, und bringen Sie mir die Aktenmappe. Ich schreibe Ihnen das beste Vernehmungsprotokoll, eines, an dem keiner mehr zweifelt. Bitte geben Sie mir die Akte, ja?«

DAS SOFA

Der Anruf kam morgens um vier. Zu diesem Zeitpunkt war ich gerade mühevoll eingeschlafen, nachdem ich mich ein paar Stunden lang hin und her gewälzt hatte. Ich hatte das Schlafmittel meiner Frau eingenommen, das sie hiergelassen hatte. Es wirkte nicht besonders gut. Ich betrachtete die gelbe Tablette im Licht der Nachttischlampe von jeder Seite genau und fragte mich, ob es wirklich ein Schlafmittel war oder ihre Pille. Und mir ging auch die Frage nach der Farbe ihrer Unterwäsche durch den Kopf, die sie wahrscheinlich neu gekauft hatte. Vor einer Woche war sie ausgezogen. Sie war lediglich mit einer Handtasche gegangen, ohne irgendein weiteres Gepäckstück. Also musste sie wohl ein paar Kleidungsstücke kaufen. Auch Kosmetika und Unterwäsche brauchte sie bestimmt. Für welche Farbe sie sich wohl bei der Unterwäsche entschieden hatte? So etwas fragte ich mich plötzlich. Ich war neugierig.

An jenem Tag hatten wir uns heftig gestritten. Ich war so wütend, dass ich das kleine Aquarium auf dem Wohnzimmerboden zerschmetterte. Die zwei Goldfische zappelten wild, und meine Frau betrachtete sie eine ganze Weile, während sie sich auf ihre Unterlippe biss. »Mit dir zusammenzuleben, bin ich langsam wirklich leid.« Sie setzte die Fische in eine Glasschüssel und füllte sie mit Wasser, dann verließ sie die Wohnung. Im flachen Schlaf grübelte ich über die beiden Goldfische, die mitten in den Glasscherben gezappelt hatten. Ich dachte an das Aquarium, das ich zerschlagen hatte. Tatsächlich wies es bereits seit Langem einen Riss auf. Dann schlief ich doch ein.

Als das Telefon um vier Uhr morgens klingelte, schreckte ich aus dem Schlaf auf, als hätte ich einen Feueralarm gehört. Ich erwartete, dass es meine Frau war, aber zu meiner Überraschung meldete sich mein alter Klassenkamerad Ahn aus der Oberstufe.

»Tut mir leid, ich habe dich bestimmt geweckt«, sagte er. »Ich habe mir den Kopf zerbrochen, wen ich um diese Zeit anrufen könnte. Und du warst der Einzige, der mir eingefallen ist.« Aus seiner Stimme war deutlich zu hören, dass es ihm leidtat.

»Wie spät ist es denn?«, fragte ich schlaftrunken.

»Sieben Minuten nach vier.«

»Vier Uhr? Was ist los so früh am Morgen?«

»Ich stecke in einer Zwickmühle. Es ist kompliziert, und ich weiß keinen Rat mehr.«

Ich setzte mich auf die Bettkante und schaltete die Nachttischlampe an. Die Uhr auf dem Nachttisch zeigte tatsächlich sieben Minuten nach vier Uhr. Hatte ich etwa gerade mal zwanzig Minuten geschlafen? Oder eine halbe Stunde? Plötzlich war ich unglaublich verärgert.

»Es müssen wirklich massive Schwierigkeiten sein«, sagte

ich gereizt. »Falls du mir jetzt erzählen willst, dass du um vier Uhr morgens allein ein Bier trinkst und dich unerträglich einsam fühlst, dann polier ich dir die Fresse.«

Ahn am anderen Ende der Leitung schwieg.

»Was ist los? Raus mit der Sprache! Ich will es schnell hinter mich bringen und dann weiterschlafen.«

»Das Sofa«, sagte er zaghaft, »wegen des Sofas habe ich angerufen.«

»Welches Sofa denn?«

»Du hast es doch neulich gesehen. Das Teil aus Büffelleder in meinem Zimmer.«

»Das, das du vor einem Friseursalon geklaut hast?«

»Hey, nicht geklaut. Wenn man es genau nimmt, wurde es zur Entsorgung rausgestellt, und ich habe es mitgenommen.«

»Geklaut oder mitgehen lassen, ohne etwas zu sagen, das ist doch das Gleiche. Aber egal. Was ist damit?«

»Dieses Sofa passt nicht zu mir. Wie ich es auch drehe und wende, es passt einfach nicht. Wegen dieses Sofas ist jetzt alles durcheinander. Schlimm.«

»Und?«

»Ich glaube, ich muss es wieder da hinbringen, wo ich es herhabe.«

»Jetzt?«

»Jetzt!«

Meine Verärgerung wurde nun noch stärker, wie verdichtete Wellen, die umso höher zurückkommen. Ich war inzwischen ganz wach, und in meinem Mund fühlte es sich rau an. Ich steckte mir eine Zigarette an.

»Also, du meinst, ich soll mit dir dieses bescheuerte Sofa abtransportieren? Um vier Uhr morgens? Und dafür hast du deinen armen Freund angerufen, der in einem Vorort wohnen muss, weil er sich die Miete in Seoul nicht mehr leisten kann. Du willst mir sagen, dass ich jetzt ins schicke Myeongdong kommen soll?«

Ahn seufzte tief und antwortete: »Grob gesagt, ist es so. Aber die Sache kann man nicht einfach so formulieren.«

»Na, dann formuliere es kompliziert!«

»Dieses Sofa stellt mein Leben auf den Kopf. Allmählich, ganz langsam zerstört es mich. Wegen dieses Sofas kann ich seit Tagen nicht mehr schlafen. Das Ding ist so unglaublich schwer und sperrig. Dieses riesige Ding hat das ganze Zimmer in Beschlag genommen. Verdammt. Ich kann nicht arbeiten. Ich bekomme langsam Angst vor diesem Büffeldersofa. Ich werde wahnsinnig, wenn ich es nicht noch heute Nacht loswerden kann. Jetzt weißt du, wie elend ich mich fühle, oder? Also flehe ich dich an, komm, komm sofort. Geht das?«

»Lass mich in Ruhe, du Idiot!«

Ich habe einmal einen Artikel über einen Mann aus Alaska gelesen, der unter Schlaflosigkeit litt und sich deswegen das Leben genommen hat. Auf einem Foto trug er einen 180 Kilogramm schweren Seehund auf den Schultern und sah gesund aus. Am Nordpol dauern die dunklen Nächte mehrere Monate. Man nennt diese Zeit die »schwarze Nacht«. Während dieser Zeit geht die Sonne nie auf, und die Menschen schlafen viel. Aber dieser Mann konnte nicht schlafen. Morgen würde die Sonne nicht aufgehen und auch übermorgen nicht. Die Nacht ist so lang, und sosehr er sich bemühte, er konnte nicht einschlafen. Also schoss er sich in den Kopf, um den lang ersehnten Schlaf zu finden.

Zurzeit geht es mir auch so. Ich fühle mich wie der Mann in Alaska, der im ellenlangen Winter in der Arktis als Einziger unter Schlaflosigkeit leidet. Ganz im Ernst: Ich würde mir liebend gern die Kugel geben, um tiefen Schlaf zu finden. Bei der Arbeit fühle ich mich so müde, dass ich jederzeit zusammenbrechen könnte, aber dann, wenn ich mich nach Feierabend ins Bett lege, kann ich nicht schlafen. Selbst wenn ich irgendwie doch eingeschlafen bin, wache ich beim kleinsten Geräusch wieder auf. Dann wälze ich mich stundenlang im Bett hin und her. Ich bin müde und weil ich nicht geschlafen habe, habe ich das Gefühl, dass der Tag noch nicht zu Ende ist und der heutige noch nicht begonnen hat. So fühle ich mich momentan durchgehend. Aber an diesem Morgen fahre ich nach Myeongdong, um einem Freund mit einem bescheuerten Sofa zu helfen. Nein, in Wirklichkeit fahre ich hin, um Ahn den Schädel einzuschlagen.

Es ist schon fast fünf Uhr, als ich die Mautstelle von Osan passiere. Wegen der Autos, die auf der Gegenspur mit Fernlicht rasen, tun mir die Augen weh. Während ich wieder beschleunige, überfällt mich der Schlaf, der trotz Tabletten vorhin nicht kommen wollte. Ich zünde mir eine Zigarette an und öffne das Fenster.

Ahn kenne ich seit über 20 Jahren. Er war mein Klassenkamerad in der Oberstufe. Irgendwie habe ich noch immer ein paar Freunde von damals, und Ahn gehört dazu. Er war ein sehr ruhiger Schüler. Mit seinen spärlichen Augenbrauen hinterließ er bei mir keinen so starken Eindruck. Und er war ein schüchterner Junge. In den Pausen saß er ruhig in einer Ecke des Klassenzimmers und las Bücher wie *Anna Karenina* von Tolstoi. Das war ein echt dickes Buch mit wirklich kleiner Schrift. Damals auf dem Gymnasium las kein Mensch solche dicken Bücher, zumal es auch noch hundert Jahre alt war und aus Russland stammte. Das musste auch auf Mädchen-Gymnasien so gewesen sein. Obwohl ich nie dort war, stellte ich es mir so vor. »Wie kann man so ein Buch lesen?«, fragte ich ihn verwundert. Da strahlte er mich an und sagte, er könne gut mit Langeweile umgehen. Das war der Junge, den ich in der Oberstufe kennengelernt hatte. In der Tat war er jemand, der Langeweile erstaunlich gut ertragen konnte. Er konnte zwar nicht die Initiative ergreifen, um sich mit anderen zu unterhalten, aber wenn man auf ihn zuging, konnte man mit ihm angenehme Gespräche führen.

Die Freunde nannten ihn den Myeongdong-Grafen. Aber der Spitzname war weit entfernt von der Eleganz oder Noblesse, die ein Graf oder eine Gräfin haben sollte. Man nannte ihn zynisch so, um ihn als jemanden zu verspotten, der wie eine Eule in diesem Stadtteil hockte und sich nie wegbewegte. Mit 26 oder 27 Jahren begann er mit dem merkwürdigen Verhalten, keinen Schritt mehr außerhalb dieses Stadtteils zu setzen. Soweit ich weiß, hat er in den letzten elf Jahren Myeongdong kein einziges Mal verlassen. Er arbeitete ausschließlich dort, schlief dort, machte Frauen in Myeongdong an und hatte auch nur dort Sex. Ein solches Leben ist ziemlich grotesk und seltsam, wenn ich es mir recht überlege, denn Myeongdong ist kleiner, als man denkt. Als Verwaltungsbezirk hat es nur eine Fläche von 0,99 Quadratkilometern. Selbst wenn es größer als 100 Quadratkilometer wäre, was gäbe es für einen Grund, den Ort nicht zu verlassen? Und das im Zeitalter der Globalisierung, wo man innerhalb eines halben Tages überallhin auf der Welt fliegen könnte. Wie auch immer, Ahn hat diesen kleinen Ort, der nicht einmal einen Quadratkilometer groß ist, in den letzten elf Jahren kein einziges Mal verlassen. Deshalb hat er weder die sonst unerlässliche U-Bahn-Karte noch ein Auto. Er besitzt auch keinen Führerschein und noch nicht einmal ein Fahrrad.

Er war aber nicht immer so. Bis Mitte 20 war er regelmäßig irgendwo unterwegs gewesen. Er reiste in einige europäische Länder, außerdem in die Mongolei und nach China. Unter dem Vorwand eines Sprachkurses lebte er über ein Jahr in Kanada. Mit ein paar Freunden fuhr er auch 25 Tage lang mit dem Fahrrad an der Küste der koreanischen Halbinsel entlang. Doch eines Tages schloss er sich dann in Myeongdong ein. Wenn ihn Freunde nach dem Grund fragten, gab er undeutliche Antworten wie »Ich habe vergessen, warum ich Myeongdong unbedingt mal verlassen sollte« oder auch »Die Frauen hier fühlen sich ganz schnell einsam«.

Von seiner Mutter, die auf dem Schwarzmarkt mit US-Dollars gehandelt hatte, hatte er eine Wohnung in Myeongdong geerbt. Sie war eigentlich ein Schuppen auf dem Dach eines dreistöckigen Gebäudes gewesen, der dann zu einer Wohnung mit 30 Quadratmetern ausgebaut wurde. Für eine Person war das ausreichend. Vor dem Fenster hatte er sogar eine kleine Terrasse mit einem Teetisch, auf der er mit der Aussicht auf seinen Stadtteil ein Bier trinken oder eine Zigarette rauchen konnte. Er lebte davon, dort Bilder zu malen. Er entwarf meistens Designs für Buchcover, aber auch Kalender, Prospekte und Visitenkarten, malte Karikaturen und auch Bilderbücher. Das heißt, er nahm jeden Auftrag an, wenn der Auftraggeber nach Myeongdong kommen konnte, um den Entwurf zu sehen oder Änderungen zu besprechen. Meiner Meinung nach hatte Ahn eine große Begabung. Aber er besaß nicht im Geringsten das, was man als künstlerische Ambition bezeichnen könnte.

Er war immer in Myeongdong und freute sich über jeden Besuch. So kamen viele Freunde, die in der Nähe unterwegs waren, bei ihm vorbei. Wenn man einen Termin in den Nachbarbezirken Gwanghwamun oder Jongno hatte und davor noch etwas Zeit oder wenn der Termin kurzfristig abgesagt wurde und sonst nichts mehr zu tun war oder wenn man an Feiertagen mit seiner Freundin in diese Gegend kam und dann feststellte, dass man doch nichts Besonderes mehr unternehmen wollte, dann ging man zu ihm, ohne sich groß etwas zu überlegen. Dann konnte man einen starken Kaffee bei ihm trinken und dabei Musik hören. Oder man nahm ein paar Dosenbiere aus seinem vollen Kühlschrank und plauderte mit ihm. Das heißt, seine Wohnung stand immer offen, es sei denn, er hatte gerade eine neue Freundin.

Es war nicht so, dass er für etwas Besonderes sorgte oder leckeres Essen servierte. Ein normaler Filterkaffee und gekühltes Dosenbier waren eigentlich alles. Aber alle fühlten sich bei ihm sehr willkommen. Wie soll ich es beschreiben? Man fühlte sich irgendwie so angenehm behaglich, als wäre man nach langer Reise wieder zu Hause in der Heimat. Auf jeden Fall beherrschte Ahn »die Kunst der Gastfreundschaft«, und eine merkwürdige Anziehungskraft ging von ihm aus. Vielleicht sind deshalb bei ihm immer so viele Menschen ein und aus gegangen. Und ich war einer davon.

Ich parke in seiner Gasse und gehe in die Wohnung. Überall liegen Gegenstände durcheinander wie kurz vor einem Umzug. Der Fernsehschrank steht hochkant, das Gerät befindet sich auf dem Kühlschrank. Alle Stühle stehen auf dem Esstisch. In einer Ecke thront das besagte Riesensofa aus Büffelleder. Es sieht aus, als hätte er versucht, es allein zu transportieren. Mit zitternden Schultern liegt er schluchzend auf dem Sofa, den Kopf nach unten gedreht, den Hintern nach oben. Als ich diese komische Haltung sehe, bekomme ich ein seltsames Gefühl, da sich mein noch nicht verrauchter Ärger mit Mitleid vermischt.

Mit dem Fuß trete ich gegen seinen Hintern und schiebe ihn weg. Er rutscht auf den Boden. Dann hebt er seinen Kopf, sieht mich entgeistert an, zeigt auf einmal aber ein freundliches Gesicht, so als ob er auf die erhoffte Verstärkung getroffen wäre. Mit dem Handrücken wischt er seine Tränen weg und sagt: »Da bist du ja! Du bist wirklich gekommen!«

»Sag mal, heulst du etwa? Du sitzt hier in Allerherrgottsfrühe alleine rum, flennst wie ein Riesenbaby, und das alles wegen eines Sofas? Spinnst du? Junge, Junge. Ich dachte ja, mein Leben sei erbärmlich, aber wenn ich dich so sehe, kann ich wieder Mut fassen, weiterzuleben. Ich bin wieder voller Lebenskraft.«

»Ich dachte, du kommst nicht«, sagt er schluchzend, »niemand kommt, habe ich gedacht.«

Dann jammert er noch eine ganze Weile weiter. Obwohl nicht ich weine, ist es mir peinlich, und da ich nichts Besseres zu tun habe, lasse ich ihn einfach in Ruhe. Nach etwa fünf Minuten beruhigt er sich etwas.

»Sag mal, was ist das denn für ein Durcheinander?«

»Ich habe versucht, das Sofa irgendwie zu verrücken und alles neu einzurichten.«

»Klappt es nicht?«

Er schüttelt mit dem Kopf.

»Warum nimmst du etwas mit, mit dem du nicht fertigwirst?«

»Ich wollte immer ein so tolles Sofa haben. Während meiner gesamten Kindheit habe ich immer in kleinen Wohnungen gelebt, sodass ich nie eines hatte. Guck mal, das sieht doch total bequem aus. Ich dachte, ich könnte darauf liegen und fernsehen. Oder ein Nickerchen halten, das wäre auch super. Aber es war dumm von mir. Nichts mit Behaglichkeit. Das Ding ist nur riesig und sonst zu nichts nütze. Am Anfang war es nur unbequem und manchmal nervig, dann ärgerte es mich immer mehr, und schließlich habe ich vor dem Ding Angst bekommen. Ich konnte wegen dieses Sofas ein paar Tage lang nicht schlafen.«

Er hat recht, das Sofa ist wirklich chic. Das Leder sieht noch immer gut aus, und ich habe den Eindruck, dass man darauf sofort einschlafen könnte. Aber es nimmt einfach zu viel Platz in Anspruch, sodass nicht einmal zwei Quadratmeter zwischen dem Esstisch, seinem Arbeitstisch und der Vitrine bleiben. Tatsächlich lässt dieses massive Möbelstück alles in dieser kleinen, niedlich eingerichteten Wohnung zwergenhaft und eng aussehen.

»Und? Was willst du damit machen?«, frage ich und trete einige Male dagegen. »Willst du das Ding etwa zum Sperrmüll bringen?«

»Nein, ich will es zum Friseursalon zurückbringen, dorthin, wo ich es hergeholt habe. Ich muss das unbedingt machen, denn ich muss mich an den Friseusen rächen.«

»Was für eine Rache?«

»Rache dafür, dass sie mich mit dieser monsterartigen Behaglichkeit verführt haben und leiden ließen. Auch sie müssen von ihm gequält worden sein. Sie haben trotzdem einen Köder ausgelegt, damit anderen gleiches Leid zugefügt wird. Dummerweise bin ich darauf reingefallen. Sie sind doch niederträchtig, oder?«

»Du hast einen Knall. Also wirklich.« Ich werfe ihm einen scharfen Blick zu. Er ist peinlich berührt. Ich schlage ihm vor: »Wenn du es wegbringen willst, dann machen wir das jetzt. Ich muss danach gleich zur Arbeit.«

»Arbeitest du samstags?«

»Ist heute Samstag?«

»Wusstest du das nicht?«

»Nein.«

Warum habe ich nicht gewusst, dass heute Samstag ist? Ich denke, weil ich nicht geschlafen habe. Wenn man nicht schläft, hat man das Gefühl, dass der Tag nicht zu Ende gegangen ist. Ahn und ich schleppen das Sofa durch die Tür und gehen die Stufen hinunter. In dem alten Geschäftsgebäude ist das Treppenhaus schmal und steil, und das beschissene Büffelledersofa ist verdammt schwer.

»Wer hat dir geholfen, das Teil hier hochzutransportieren?«

»Das habe ich allein hochgeschleppt«, antwortet er, während er an dem durchhängenden Sofa zerrt.

»Ganz allein? Wie hast du so ein schweres Ding allein bewältigt?«

»Man kriecht drunter und nimmt es dann wie eine Schildkröte auf den Rücken. Stück für Stück. Macht Pause, geht wieder, macht Pause und geht weiter. Immer weiter so. Ich habe drei Stunden gebraucht, um es in die zweite Etage zu bekommen.«

»Wenn du es allein hochbekommen hast, kannst du es sicher auch allein wieder runtertragen, oder?«

»Versucht habe ich es ja schon. Aber merkwürdigerweise konnte ich es nicht einmal anheben, obwohl ich es hochbringen konnte.«

»Das ist doch Quatsch.«

»Das ist wahr. Ich bin wieder druntergekrochen, aber das Ding bewegte sich keinen Millimeter«, sagt er und macht den Eindruck, dass er sich nicht verstanden fühlt.

Jedenfalls haben wir nur 20 Minuten gebraucht, um das Sofa hinunterzutragen, das Ahn allein angeblich in drei Stunden hochgeschleppt hatte. Wir stellen es vor dem Friseursalon ab, und Ahn klopft sich die Hände sauber. Dann hebt er den Mittelfinger in Richtung der dunklen Fenster des Salons und schlägt einen Kinnhaken in die Luft. Jetzt fühlt er sich wohl erleichtert, jedenfalls lacht er laut auf.

Zurück in seiner Wohnung, beginnt er gut gelaunt pfeifend alles wieder in Ordnung zu bringen. Flink stellt er die Stühle vom Esstisch herunter, richtet den Fernsehschrank auf, der in einer Ecke gestanden hatte, und stellt den Fernseher drauf. Ich will aufstehen, um ihm zu helfen, aber er winkt ab: »Ach, lass das. Das kann ich alles alleine machen. Du gehst heute arbeiten?«

»Nein, es ist ja Samstag.«

»Dann trink ein Bier. Das habe ich in Hülle und Fülle.«

»Bier so früh am Morgen?«

»Du hast echt keine Ahnung. Wenn man den wahren Geschmack des Bieres genießen möchte, muss man es am Morgen trinken.«

Stimmt das? Nach kurzem Zögern öffne ich den Kühlschrank. Wie im Supermarkt stehen dort ungefähr vierzig Dosen einsortiert. Ich greife mir ein Asahi-Bier. Mittlerweile hat Ahn alles aufgeräumt und fegt.

»Hast du Hunger?«, fragt er. »Soll ich dir Spaghetti machen?«

»Nicht wirklich. Hunger habe ich schon, aber keine Lust zu essen. Danke.«

Er fegt die ganze Zeit, und auf seiner Stirn stehen die Schweißperlen.

»Warum kaufst du dir keinen Staubsauger?«

»Ein Staubsauger für diese Bruchbude? Außerdem macht er Lärm. Ich mag den Besen. Der ist billig und leise.«

Billig und leise. Diese Worte wiederhole ich im Kopf und nehme einen Schluck. Billig und leise. Es scheint für mein Leben zu stehen.

»Ein Bier am Morgen ist doch viel besser, als ich dachte«, sage ich, nachdem ich es ausgetrunken habe.

»Ja, das Bier am Morgen ist toll. Wenn man sich mit netten Menschen locker unterhält und dabei Bier trinkt, ist es auch gut. Aber am besten ist das Bier, das man nach einer durchgearbeiteten Nacht am frühen Morgen trinkt und dabei die Leute beobachtet, die zur Arbeit gehen. Ja, ihr geht arbeiten, ich gehe nach diesem Bier schlafen. So kann man es sagen.«

Er hat nun alles fertig aufgeräumt und geputzt. Mit einem äußerst zufriedenen Gesichtsausdruck biegt er sein Kreuz nach hinten durch und streckt seine Arme aus. Dann holt er sich eine Dose aus dem Kühlschrank. Ohne das Sofa wirkt das Zimmer viel geräumiger. Genau genommen sieht es so aus, als ob die Möbel wegen des Sofas völlig eingeschüchtert waren und nun ihre Würde wiedererlangt haben. Alles steht jetzt an seinem richtigen Platz. Die Uhr zeigt sieben, und die ersten Sonnenstrahlen scheinen aus einer Ecke des Fensters auf die halbe Tischplatte.

»Du siehst nicht gesund aus. Was ist los?«, fragt Ahn, nachdem er einen Schluck genommen hat.

»Es gibt ja viele Themen. Meine Frau ist ausgezogen, und ich leide die ganze Zeit unter Schlaflosigkeit. Und wenn ich einmal mühevoll eingeschlafen bin, macht ein Typ, der eigentlich ein Freund ist, frühmorgens um vier Uhr Telefonterror.«

»Ist sie ausgezogen? Hat sie einen anderen? Ich dachte, sie ist brav. Ich habe nicht gedacht, dass sie eine so entschlossene Person ist. Sie ist ja toll! Wer ist der Mann?«

Ahn ist richtig in Fahrt und macht ein großes Ding aus der Sache. Ich gebe ihm eine Kopfnuss. Er kneift ein Auge zu und massiert seinen Schädel.

»Nein, so ist es nicht. Wir haben uns nur ein bisschen gestritten.«

»Wo ist sie gerade?«

»Wahrscheinlich auf der Geojae-Insel. Das ist ihre Heimat. Ich denke, dass sie bei ihrer Mutter ist.«

»Kannst du deshalb nicht schlafen? Weil sie dich verlassen hat?«

»Nein, ich habe schon lange davor nicht schlafen können. Seit ein paar Monaten geht das schon so. Entweder kann ich nicht einschlafen oder ich wache sehr schnell wieder auf. Oder ich habe einen flachen und unruhigen Schlaf, das ist weder Schlaf noch Wachsein. So ungefähr läuft es die ganze Zeit schon. Es ist nicht zum Aushalten.«

»Es muss doch einen Grund dafür geben, oder? Ein Eheproblem oder zu viel Stress bei der Arbeit.«

»Na ja, ich habe keinen blassen Schimmer, warum ich nicht schlafen kann. Ich habe weder größere Probleme noch Sorgen. Die Schulden, mit denen ich in die Ehe gegangen bin, habe ich fast zurückgezahlt. Ich dachte, die schwere und leidvolle Zeit hätten wir jetzt hinter uns gebracht. Merkwürdigerweise kann ich seit ein paar Monaten aber nicht mehr einschlafen. Wie soll ich es erklären? Ich fühle mich immer unterspült!«

»Du meinst so ein Gefühl der Bedeutungslosigkeit, oder? Man hat im Leben nichts mehr zu erwarten und deshalb hat man kein Grund, beunruhigt zu sein. So fühlst du dich, nicht wahr?«

»Ja, so in etwa.«

»Das Gefühl kenne ich. Tja, was einem alles im Leben passiert, kann so was Dummes sein, wie ein Sofa mitzunehmen und dann wieder wegzubringen.«

Er schüttet sich das restliche Bier in seinen Rachen. Dann holt er aus dem Kühlschrank zwei neue Dosen, öffnet eine und reicht sie mir.

»Hier, nimm. Es gibt kein besseres Mittel gegen Schlaflosigkeit. Wenn man so vor sich hin trinkt, fällt man schon irgendwann in den Schlaf.«

Wir trinken, rauchen, unterhalten uns, sehen aus dem Fenster und reden über die Outfits der vorbeilaufenden

Frauen. Immer wenn wir eine Dose ausgetrunken haben, zerknüllen wir sie, werfen sie auf den Tisch und holen eine neue aus dem Kühlschrank. Wir trinken, rauchen und unterhalten uns über belanglose Dinge. Ein paar Stunden später türmt sich ein Berg flacher Dosen auf dem Tisch.

»Ehrlich gesagt, ich bin vor Kurzem mal aus Myeongdong raus«, sagt Ahn schüchtern, als würde er seine Liebe gestehen.

»Echt?«, frage ich verblüfft.

Er nickt.

»Warum erzählst du so was Großartiges erst jetzt? Der erste Ausgang seit elf Jahren? Das klingt ja wie ein Filmtitel, nicht wahr?«

Etwas errötet sieht er seine Dose an.

»Wie kam es dazu?«

»Ich wollte einen Reisepass beantragen. Und ein Flugticket buchen.«

»Ein Flugticket? Wohin?«

»Nach Kapstadt.«

»Du meinst Kapstadt in Südafrika?«

Ahn nickt.

»Warum dorthin?«

»Jinhee ist dorthin versetzt worden. Sie sagte, sie würde für drei Jahre hingehen, und fragte mich, ob ich mitkommen will. Also habe ich mir das überlegt und mich dafür entschieden.«

»Wann wollt ihr abreisen?«

»Geplant ist es für heute, nein, gestern hätte ich hingemusst«, sagt er mit einem verbitterten Gesichtsausdruck.

Jinhee ist seine Freundin. Sie ist Ingenieurin bei einer Firma, die Turbinen für Wasserkraftwerke herstellt. Sie ist groß, ich schätze 1,75 m, und sie hat Muskeln wie eine Kugelstoßerin. In ihrer Oberstufenzeit war sie tatsächlich Kugelstoßerin. Sagen wir mal so, sie ist nicht dick, sondern hat von Natur aus stärkere Knochen. Nach ihren Erzählungen sind alle in der Familie so kräftig. »Mein Großvater war ein bekannter Ringer aus Cheongdo«, sagte sie mal schüchtern. Sie war immer sehr scheu. Es ist etwas komisch, wenn ich das so sage, aber sie hat im Gegensatz zu ihrem Körper ein süßes Gesicht. Deshalb dachte ich bei ihrem Anblick immer an die Familie von Pu, dem Bären.

»Warum bist du nicht mit? Du hast doch den Pass beantragt und ein Flugticket gekauft.«

»Was soll ich denn in Afrika?«

»Du kannst Elefanten und Giraffen ansehen. Und Geparden, vielleicht auch Tarzan. Denkst du, dass du in diesem riesigen Afrika nichts zu tun hättest?«

Er antwortet nichts.

»Bist du dann zum Flughafen, um dich zu verabschieden?«

Er schüttelt mit dem Kopf.

»Dann war sie sicher sehr enttäuscht.«

»Das war sie bestimmt. Aber sie wäre noch enttäuschter, wenn sie so einen Trottel wie mich bis nach Afrika mitgenommen hätte. Wahrscheinlich wäre sie das«, sagt er in einem Ton, als würde er sich selbst verhöhnen.

»Das meine ich doch nicht. Sie wollte mit dir zusammen sein, sie hat dich bestimmt vermisst, also war sie wohl auch enttäuscht, das meine ich.«

»Ich hocke ja immer hier in Myeongdong. Man kann mich treffen, wenn man hierherkommt.«

Sehr langsam bläst er seinen Zigarettenrauch von sich, als würde er in die Luft sprechen. Dann drückt er die Kippe in einem mit Kaffeesatz gefüllten Aschenbecher aus. Es folgt ein Schluck Bier.

»An deiner Stelle würde ich sofort nach Afrika fliegen. Hier ist immer zu viel Hektik, die Grundstückspreise sind zu hoch, es wimmelt nur so von Menschen. Hast du es nicht langsam mal satt, auf diesem kleinen Flecken Erde zu leben?«

»Ich habe es satt. Ich habe die Schnauze gestrichen voll davon. Immer die gleichen Leute, die gleiche Arbeit, die gleichen Scherze, die gleichen Kneipen; ich habe es so satt. Manchmal muss ich sogar mitten im Sex gähnen, weil ich die Schnauze davon voll habe.« Er lacht, als ob er sich selbst verachten würde.

»Wenn du die Nase voll hast, warum machst du es dann?«

»Weil ich einsam bin. Wenn ich nicht einmal so etwas mache, kann ich die Einsamkeit nicht mehr ertragen«, sagt er und gähnt lange. Dann steht er vom Stuhl auf. »Ich lege mich jetzt hin. Ich bin sehr müde. Ich schlafe auf dem Boden und überlasse dir das Bett. Du hast es dir verdient.«

»Nein, ich fahre nach Hause, sobald ich ein bisschen nüchtern bin. Nimm du das Bett.«

»Ich weiß nicht, warum, aber heute möchte ich auf dem Boden schlafen.«

Er holt ein Kopfkissen vom Bett und legt sich einfach an die Stelle, wo bisher das Sofa gestanden hatte. Dann schaltet er nach alter Gewohnheit den Fernseher ein und dreht ihn ganz leise. Nicht, um sich irgendetwas anzusehen, sondern um sich von den Stimmen einlullen zu lassen. Das hilft ihm angeblich beim Einschlafen.

»Sag mal, was war da noch mal, wo das Sofa bis eben stand?«, frage ich ihn und zeige mit dem Finger auf die Stelle.

Ich kann mich beim besten Willen nicht erinnern, was vor dem Sofa dort gestanden hatte, obwohl ich unzählige Male in dem Zimmer ein und aus gegangen bin. Ahn erhebt sich halb und starrt auf die Stelle, von der er sich gerade erhoben hat.

»Hier? Da war nichts.«

»Ach ja? Komisch. Ich dachte, da stand mal was.«

»Meinst du?« Er wiegt seinen Kopf zur Seite. »Das stimmt. Wenn du das so sagst, kommt es mir auch so vor, als ob hier etwas gestanden hätte.« Dann schubst er ein Kissen in Form eines Hasenkopfes mit seinem Fuß an und sagt wie im Scherz: »War dieses Ding vielleicht hier?« Dann legt er sich wieder hin.

Er muss müde gewesen sein. Schon nach ein paar Minuten ist er eingeschlafen und schnarcht. Ich trinke noch zwei weitere Dosen, dann gehe ich pinkeln und lege mich in Ahns Bett. Obwohl ich sehr müde und auch noch betrunken bin, kann ich nicht einschlafen. Ich liege eine Weile mit geschlossenen Augen da und höre dann auf, einschlafen zu wollen. Ich stehe wieder auf. In der Küche mahle ich Kaffeebohnen und brühe mir eine ganze Kanne. Anschließend gehe ich auf die Terrasse. Dort beobachte ich die Straßen von Myeongdong, bis die Sonne senkrecht steht und sich langsam neigt. Ich habe den Kaffee ausgetrunken und alle Zigaretten geraucht. So lange habe ich auf der Terrasse herumgesessen. Plötzlich kommt mir der absurde Gedanke, dass die Erderwärmung damit zusammenhängt, dass die Menschen immer einsamer werden. Sie werden immer und immer einsamer und nur deshalb bewegen sie sich so geschäftig.

Auch nach 15 Uhr steht Ahn nicht auf. Ich überlege, was ich ihm als Nachricht schreiben soll. Dann hinterlasse ich nur »Ich gehe« und fahre nach Hause.

Auf dem Heimweg besorge ich ein Aquarium mit einem süßen Wasserrad und einer schönen Pflanze. Ich habe die ungute Vorahnung, dass mir das Glas kaputtgehen könnte, sodass ich es mit beiden Händen ganz vorsichtig transportiere. Meine Frau ist nicht zurück. Das merke ich sofort, als ich die Wohnungstür öffne. Ich kann es durch die Luft oder den Geruch erahnen, die Luft der Einsamkeit in einer Wohnung, in der man allein lebt. Ich reinige das Aquarium vorsichtig in der Spüle. Dann setze ich die Goldfische aus der Glasschüssel in das Becken um und streue etwas Futter dazu. Ich betrachte sie eine ganze Weile. »Na, wie fühlt ihr euch? Es ist doch viel besser als in einer Glasschüssel, oder?«, frage ich sie. Sie machen das Maul auf und sagen, dass es ihnen gefällt.

In einer Ecke des Wohnzimmers steht ein schäbiges Sofa. Es ist kein Vergleich zum italienischen Sofa aus Büffelleder bei Ahn. Es ist aus billigem Kunstleder, und die Sprungfedern quietschen. Von einem Mittagsschlaf darauf bekommt man Rückenschmerzen. Ich lege mich auf das Sofa. Und ich schlafe ein. Es ist ein tiefer, tiefer Schlaf, in den ich seit Monaten endlich wieder einmal falle.

DAS VERDAMMTE
ALBUMIN

Der Alte hat einen außergewöhnlich dürren Körper. Er besteht nur noch aus Haut und Knochen, kein Gramm Fett an ihm. Darüber hinaus zittert seine linke Hand; die dünnen Stäbchenbeine schwanken bedenklich, als würden sie den leichten Körper nicht stemmen können. Dieser alte Mann will gerade in die Sauna.

Um Himmels willen, was will der denn noch ausschwitzen? Kim wirft einen verständnislosen Blick auf den Alten. Der versucht mit ganzer Kraft, die heiße Glastür zur Schwitzkammer aufzubekommen. Aber sie ist zu schwer und am Scharnier bereits total verrostet. Da er sie nicht weit genug aufkriegt, klemmt er sich bei jedem Versuch. Die heiße Glasoberfläche verursacht ihm sicher Schmerzen, er lässt sich jedoch nichts anmerken und wiederholt seine sinnlose Aktion immer wieder. Kim kann den Anblick nicht mehr ertragen und steht auf. Er hüllt seine Hand in ein Handtuch und zieht kräftig an der Tür. In diesem Moment durchbohrt ihn der Alte mit seinem Blick. Ja, er sieht ihn nicht nur an, sondern durchbohrt ihn. Da seine Wangenknochen so weit hervorstehen, liegen seine Augen sehr tief. Überrascht steht Kim etwas dumm an der Tür herum, und der Alte stößt ihn vor die Brust, als wolle er damit sagen, dass er aus dem Weg gehen solle. Er scheint gereizt bis in die Fingerspitzen. Es ist ein ziemlich übler Alter. Kim muss kurz in sich hineinlachen und macht verdutzt Platz.

Der Alte kommt jedoch immer noch nicht in die Sauna, sondern steht am Eingang und atmet tief ein und aus. Schon diese wenigen Versuche scheinen ihn ermüdet zu haben. Nachdem er eine ganze Weile vor der Tür Luft geholt hat, kommt er hereingeschwankt. An einer der Wände der Sauna sind zahllose heiße Steine aufgestapelt. Außerdem stößt das dröhnende Dampfgerät in der Mitte ständig heißen Schwefeldampf aus, was eine echte Gefahr für den Alten sein könnte. Er torkelt dazwischen, um seinen Platz zu erreichen, und kommt dem Schwefeldampf gefährlich nah. Aber was soll Kim tun? Wenn er ihn stützt, um ihm zu helfen, würde er nur wieder so einen durchbohrenden Blick ernten. Soll er doch machen, wie er will. Auch Kim geht wieder zur Holzbank und deckt seinen Kopf mit dem Handtuch ab. Aber er beobachtet unauffällig, wie der Alte sich mit einer Hand auf der Bank und mit der anderen an der Holzwand abstützt und sich langsam hinsetzt. Dann atmet er wieder schwer. Man hört deutlich jeden schleimigen und metallischen Atemzug zischen. Warum zum Teufel geht er in dieser Verfassung in die Sauna? Kim kann das überhaupt nicht verstehen. An diesem dürren Körper ist nichts, was er durchs Schwitzen verlieren könnte. Und selbst wenn da etwas wäre, würde er sofort zusammenbrechen, wenn er noch weiter abnähme. Ach, er wird wissen, was er tut. Kim wendet den Blick von dem

Alten ab, aber wegen der Atemgeräusche wandert seine Aufmerksamkeit immer wieder zu ihm.

Beim Versuch hereinzukommen hat die Saunatür offen gestanden, weswegen die Hitze abgenommen hat. Doch jetzt, da die Tür geschlossen ist, steigt die Temperatur erneut. An Kims Brust und Stirn quellen Schweißperlen hervor. Er beobachtet sie überall an seinem Körper und seinem sich vorwölbenden Unterbauch. Seit seiner Kündigung nimmt er zu. Als er zum ersten Mal von seinem Kollegen Park hörte, dass man wegen eines dicken Bauchs sein Ding aus keinem Winkel mehr sehen könne, lachte er und fragte: »Das wird doch noch zu sehen sein, wenn man sich weit nach vorne beugt, oder?«

»Hey, wenn es so klappt, wäre es ja gar nicht schlimm«, erwiderte Park unbefangen, »aber wenn man eine richtige Wampe bekommt, kann man seinen Schwanz nicht mehr sehen, egal, was man versucht. Dann weiß man auch nicht, in welche Richtung man pissen soll. Das wäre doch sehr unangenehm.« Zurzeit verdeckt Kims Unterbauch nun ein Stückchen von seinem Geschlechtsteil, und er empfindet das weder als merkwürdig noch als bemerkenswert. Selbst wenn er wegen seines Bauchs das Teil überhaupt nicht mehr sehen könnte, würde er sich wohl nicht darüber wundern.

Wie lange ist er jetzt in der Sauna gewesen? Er streicht sich die Schweißperlen von Brust und Gesicht. Der rote Sand in der Uhr ist bereits durchgerieselt. Kim bleibt normalerweise so lange in der Sauna, bis er die Sanduhr zweimal umgedreht hat. Aber er ist etwas durcheinander, weil der Alte plötzlich aufgetaucht ist und für Tumult gesorgt hat. Kim glaubt, inzwischen genug geschwitzt zu haben. Mit einem kurzen Blick auf die Sanduhr fragt er sich, ob er nun gehen sollte. Die Sandkörner bewegen sich im unteren Glaskolben nicht, als ob die Zeit stillstehen würde. Und aus irgendeinem Grund dreht er die Uhr noch ein weiteres Mal um, und der rote Sand beginnt, wieder zu rieseln.

Kim fährt mit seiner Zunge im Mund herum. Sein Gaumen ist rau. Seit Tagen hat er nicht richtig geschlafen. Er hat zwei Nächte im Zug verbracht, um seinen kranken Vater in Busan zu besuchen. Da sein Elternhaus nur aus zwei Zimmern besteht, musste er auf dem Boden vor der Küche schlafen. Hinzu kommt, dass Kim sich gestern übermäßig betrunken hat. Kein Wunder, dass sein Körper so mitgenommen ist. Wie lange wird Vater noch durchhalten? Während er sich an dessen Gesichtsfarbe vor ein paar Tagen erinnert, denkt er an seinen Bruder, der ihm anhand mehrerer Untersuchungsergebnisse den Krankheitsverlauf erklärt hat. Dabei rechnet er aus, wie viel Zeit seinem Vater wohl noch bleibt. Ein Monat? Zwei Monate? Nein. Er wird nicht innerhalb von einem oder zwei Monaten sterben. Es ist schon drei Jahre her, dass er wegen einer Leberzirrhose zusammengebrochen ist. Der Arzt hatte damals gesagt, dass sein Vater noch eine Lebenserwartung von drei Monaten habe. Aber er ist bis heute am Leben, obwohl er so aussieht, als ob er jeden Tag sterben könnte. Kim ist der Meinung, dass sein Vater zu lange durchhält. Es wird langsam Zeit, dass er die Erde verlässt. Wie der Arzt gesagt hatte, gibt es keine Wunder, wenn es um die Leber geht. Und das ist gut so. Doch obwohl sein Vater bald sterben wird, schmeißt die ganze Familie ihr Geld für das Krankenhaus aus dem Fenster. In dieser schwierigen Zeit geht das ganze Geld für nichts drauf. Dennoch verlangt sein Vater nach immer mehr Sachen, die seinem Körper guttäten. Er wird immer mehr zum Kind und immer gieriger. Angenommen, es gäbe doch Wunder bei der Leber, dann müsste Kim eher als sein Vater sterben.

»Wir müssen trotzdem alles tun, was in unserer Macht steht. Wir können doch nicht einfach zusehen, wie er stirbt«, hatte ihm die Frau seines Bruders gesagt. Kim hält seine Schwägerin für eine liebe Frau. Sie hinkt auf einem Bein. Ob sie damit geboren war? Oder ob sie als Kind einen Verkehrsunfall hatte? Kim hatte einmal von seinem Bruder gehört, wie es dazu kam, aber er hat es vergessen. Als sein Bruder sie zu Hause den Eltern vorstellte, war die ganze Familie gegen die Hochzeit. An ihm sei doch nichts auszusetzen, warum wolle er also eine Frau mit Makel heiraten? Die Familie wollte ihn davon abhalten. Sein Vater warf sogar einen Aschenbecher ins Gesicht seines Bruders. Aber jetzt ist seine Schwägerin der Schatz der Familie. In welcher Lage seine Familie ohne sie jetzt wäre, kann er sich nicht einmal vorstellen, so furchtbar wäre das. Hätte seine Frau statt seiner Schwägerin die Scheiße seines Vaters entsorgt? Das wäre unvorstellbar. Seine Frau empfand sogar die Kacke in den Windeln ihrer Kinder als schrecklich.

Vor Kurzem hat sein Bruder seine Wohnung verkauft, um ins Elternhaus zu ziehen. Von dem Geld ist ihm aber kein Cent geblieben. Denn er hat damit alle Schulden beglichen, die über die letzten drei Jahre für die Rechnungen des Krankenhauses und für Medikamente angefallen waren. Weil Kim der älteste Sohn ist, wäre das eigentlich seine Aufgabe gewesen. Aber mit der Ausrede, dass er gefeuert worden war und seine Abfindung ärgerlicherweise bei einem

Freund verloren hat, konnte er seinem Bruder bei der Krankenhausrechnung und der Wohnungssache nicht viel helfen. Natürlich hat Kim auch regelmäßig Geld für Rechnungen überwiesen, und wenn schnell Geld gebraucht wurde, hat er es irgendwie doch hinbekommen, welches aufzutreiben. Aber selbst das war ziemlich schwierig in seiner Lage. Er musste immer achtgeben, was seine Frau davon hielt, und bei der kleinsten Summe hatte er Streit mit ihr. Für große Zahlungen war immer sein Bruder zuständig. Bei allen schwierigen Situationen hatte Kim immer eine Ausrede, um sich aus der Situation zu retten. In Wirklichkeit hatte sich seine Frau die eindrucksvollen Ausreden ausgedacht und mit der Schwägerin telefoniert. Aber trotzdem war es ihm peinlich. »Das Haus vom Vater, das bekommt mein Bruder. Das habe ich meiner Frau klipp und klar gesagt«, murmelt er vor sich hin, als würde er sich dessen vergewissern wollen. Es ist ein altes Haus an einem Hang, das nicht viel wert ist, aber der Gedanke tröstet Kim etwas.

Kim atmet tief ein. Die feuchtheiße Luft der Dampfkammer gelangt in seine Lungen. Es ist unangenehm stickig. Stickig. So stickig. Sollte er jetzt raus? Er blickt auf die Sanduhr. Nicht einmal ein Drittel ist durchgerieselt. Verdammt, warum hat er sie nur wieder umgedreht? Wie idiotisch! Wenn nicht der ganze Sand durch ist, kann er hier nicht raus. Keine Ahnung, warum. Er denkt, er sollte es durchziehen. Wenn er nämlich jetzt ginge, weil es ihm hier zu heiß ist, hätte er irgendwie ein Gefühl der Niederlage. Und das wäre äußerst schmachvoll. Habe ich jemals etwas Großes zustande gebracht? Etwas, worauf ich gegenüber meiner Familie stolz sein könnte? Kim lässt sein Leben schnell Revue passieren.

Nichts. Wirklich nichts. Ich bin ein miserabler Vater. Ich bin ein inkompetenter Ehemann, sowohl tagsüber in der Arbeit als auch nachts im Bett. Nur auf dem Stammbaum bin ich der älteste Sohn, wie einmal jemand angemerkt hatte. Seine Frau meint immer, dass sein weichlicher Charakter schuld sei, dass er ständig von allen Seiten bedrängt und überfahren würde. Alle anderen Kollegen haben ihren Job behalten, nur er wurde gefeuert. Und wegen seines Charakters wurde er von seinem Freund betrogen. Seine Frau lamentiert andauernd, wie sie mit einem Menschen wie ihm in dieser harten Welt überleben soll. Die Welt sei ein Kriegsschauplatz, und er wäre ganz und gar nicht bereit zum Kämpfen. Ja, sie hat recht. Ich bin so ein Mensch. Alles ist meine Schuld. Ich bin überhaupt nicht männlich, die kleinsten Schmerzen kann ich nicht ertragen. Ich sage doch, dass das alles meine Schuld ist!

Mit dem Handtuch wischt sich Kim den Schweiß ab, dann legt er es wieder über den Kopf. Es rutscht aber immer wieder herunter, und er muss es jedes Mal zurechtrücken. Er beginnt, sich langsam über das Handtuch zu ärgern. Nein, vielleicht liegt es gar nicht am Handtuch. Wohl eher am Alten, der so laut atmet. Plötzlich kommt es ihm unglaublich heiß vor. Er darf nicht zur Sanduhr sehen. Beobachtet man die rieselnden Sandkörner, wird man nur nervös. Plötzlich steht er auf und breitet seine Arme aus wie bei einer Gymnastikübung. Er wiederholt die Bewegung ein paar Male und spürt die Hitze an den Fingerspitzen deutlicher, weswegen er sich erschrocken wieder setzt. In der Schule hatte er gelernt, dass heiße Luft nach oben steigt. Also wird es noch heißer, wenn man steht. Je höher, desto heißer. Folglich muss er nach unten. Je tiefer, desto kühler. Am kühlsten ist es auf dem Boden. Daher hockt er sich genau dorthin und stellt fest, dass der Alte schon die ganze Zeit dort liegt. Selbst in der Liegeposition zittern ab und zu seine Arme und Beine. Und er muss noch stärker nach Atem ringen als vorhin. Beim ersten Hinhören klingt es wie ein Ächzen. Es hört sich ähnlich an wie der Atem seines Vaters in der Notaufnahme, als er bewusstlos ins Krankenhaus gebracht worden war. Ob etwas Schlimmes mit dem Alten passiert? Der auffällige Atem des Alten nimmt Kims gesamte Aufmerksamkeit in Beschlag.

Kim atmet noch einmal tief ein. Seine Lungen sind mit der warmen Luft so voll, dass er das Gefühl hat, selbst seine Lungen würden schwitzen. Als würden an der Lunge, dem Herz und der Galle Schweißperlen hängen. Aber die Hälfte des roten Sandes ist noch immer oben. Warum muss ich mich in der Sauna so abmühen? Kim ist plötzlich von dem unsinnigen Trieb gefangen, die Sanduhr zu zerschlagen. Dann würden sich Glassplitter in seine Faust bohren. Aber die Zeit, die ihn so beklommen macht und gefangen hält, würde sich dadurch auflösen. Sein Blut und die roten Sandkörner würden sich auf dem Boden mischen, und der rote Sand würde die Zeit festhalten. Kim sieht wieder nach der Sanduhr und wischt sich mit dem Handtuch den Schweiß von der Stirn. Dann schüttelt er heftig den Kopf. Verdammt, in diesem Alter macht mir ein Betrag von drei Millionen Won zu schaffen.

Als er in Busan war, fragte ihn sein jüngerer Bruder vorsichtig, ob er es trotz seiner schwierigen Lage irgendwie schaffen könnte, drei Millionen Won loszueisen. Zu diesem Zeitpunkt schälte seine Schwägerin neben ihnen Äpfel. Sein Vater hatte mit geschlossenen Augen so getan, als würde er schlafen, aber Kim war sich sicher, dass er wach war. Seine Wimpern zitterten unmerklich, daher nahm Kim an, dass sein Vater sehr wohl die Ohren spitzte. »Für was brauchst du drei Millionen Won?«, fragte er seinen Bruder.

»Er könnte durch einen Bekannten günstig einen Karton Albumin besorgen und ist deswegen sehr aufgeregt«, antwortete seine Schwägerin anstelle seines Bruders. Tatsächlich strahlte sein Bruder, als hätte er etwas Großes erreicht. Albumin hat mehrere Anwendungsbereiche, wird aber hauptsächlich bei Leberzirrhose verabreicht. Es wird angeblich aus menschlichem Blut gewonnen. Weil es nicht grenzenlos verfügbar ist, kann man das Albumin nicht einfach auf Vorrat zu Hause lagern, auch wenn man viel Geld hat. Sein Bruder berichtete ausgelassen: »Natürlich ist es für die Reichen nicht so schwer, aber für Leute wie uns kommt eine solche Gelegenheit nicht so oft. Und das ist kein Nahrungsergänzungsmittel, das man im Internet kaufen kann, sondern das Original, das man nur mit Rezept aus der Apotheke bekommt.« Kim blickte geistesabwesend in das strahlende Gesicht seines Bruders. Sein Vater, ja sein Vater meinte immer, dass er sich viel fitter fühle, wenn er Albumin gespritzt bekommt. Das verdammte Albumin. Warum fühlt sich Vater nicht mit einem Erfrischungsgetränk viel besser? Warum muss er Albumin bekommen, um sich fitter zu fühlen? Warum sind alle Medikamente so teuer, mit denen man sich fitter fühlt? Da fuhr sein Bruder fort: »Weil es die Kasse nicht zahlt, kostet uns jede Dosis 160.000 Won, aber jetzt könnten wir eine Flasche für nur 80.000 Won kaufen. Also zum halben Preis. Es ist wirklich eine seltene Gelegenheit.« Eine winzige Flasche, die kleiner ist als die für Augentropfen, kostet 80.000 Won. Na toll, total preiswert. »Ja, wirklich, eine seltene Gelegenheit«, erwiderte Kim matt. Es muss für seinen Bruder auf alle Fälle etwas Großartiges sein, einen ganzen Karton Albumin auf Lager zu haben. Drei Millionen durch 8. 8 mal 3 ist 24, 60 bleiben, 8 mal 7 ist 56, 8 mal 5 ist 40. Ungefähr 38 Flaschen wären das. Sein Bruder sagte, er will einen Karton kaufen, das heißt, er wird den fehlenden Betrag selbst beisteuern. In einem Karton müssten 40 Flaschen sein. Es kann aber auch sein, dass 50 oder 60 drin sind. Was spielt das schon für eine Rolle? Auf jeden Fall stand fest, dass Kim drei Millionen Won zahlen soll. Er zerbrach sich den Kopf, ob er das Geld ohne das Wissen seiner Frau locker machen könnte. Nein, kann er nicht. Er brauchte nicht einmal mehr lange nachzudenken. Wenn er noch zur Arbeit ginge, hätte er sich was einfallen lassen können, aber jetzt, wo er im Supermarkt, den seine Frau betreibt, Kekse an Kinder verkauft, hatte er nicht einmal eine Kreditkarte. Das Konto verwaltete seine Frau, und was er ohne Wissen seiner Frau ranschaffen könnte, wären ein paar kleine Scheine aus der Kasse. Die Wimpern seines Vaters, der sich schlafend stellte, zitterten leicht. Sein Bruder und dessen Frau starrten ihn an. »Wenn du meinst, dass Albumin so gut ist, dann sollten wir versuchen, es zu besorgen«, sagte Kim widerstrebend. Sein Bruder und dessen Frau seufzten erleichtert. Die Wimpern seines Vaters wurden ruhig. Bei dem Anblick dachte Kim, schön für ihn, dass er sogar einen Karton Albumin am Kopfende lagern kann. Er hat einen braven Sohn, der ihm das Albumin besorgt, und auch eine liebe Schwiegertochter, die ihm die Windeln wechselt. Er muss sich nur mit geschlossenen Augen schlafend stellen und mit den Wimpern zucken.

Gestern Nachmittag sagte Kim seiner Frau, dass er für die Medizin seines Vaters drei Millionen Won bräuchte. Sein Bruder hätte für die Krankenhausrechnungen seine Wohnung eingebüßt, und drei Millionen Won wären im Vergleich dazu doch eine Kleinigkeit. Ein älterer Bruder müsste doch sein Gesicht wahren. Seine Frau war natürlich wütend. Sie meinte, sie würde auch gern etwas geben, aber sie hätte kein Geldpolster, also könne sie es nicht tun. Kim erwiderte, dass sie das Englischcamp für ihren Sohn in den Sommerferien stornieren sollten. Ein Englischcamp wäre doch für ihre Verhältnisse absurd, und es würde keine große Rolle spielen, ob ihr Sohn an so einem Camp teilnähme oder nicht. Sie sah ihn zuerst widerwillig an und wechselte dann zu einer traurigen Miene, die ihn anwiderte. Hey, du musst nicht so ein Gesicht ziehen. Außerdem schaffst du es eh nicht, gut zu schauspielern, hätte er ihr gern direkt gesagt. Apropos Geld, für ein Englischcamp mehrere Millionen Won hinzublättern, findet er viel dämlicher, als einen Karton Albumin zu kaufen. In dem Camp sollen die Kinder in einer Berghütte auf dem Jirisan wohnen und mit ausländischen Missionaren nur Englisch reden. Dafür soll man sage und schreibe zweieinhalb Millionen Won zahlen. Laut seiner Frau sei das relativ günstig, weil man am Missionarsprogramm teilnimmt. Es soll sogar Englischcamps für fünf oder gar zehn Millionen Won geben. Es wäre außerdem total schwer, einen Platz zu bekommen, es sei eine wirklich seltene Gelegenheit, lamentierte sie. Um Gottes willen, warum gibt es diese seltenen Gelegenheiten bei den Menschen in seiner Umgebung so oft in letzter Zeit? Am liebsten würde er den lieben Gott verfluchen, der so viele seltene Gelegenheiten vergab. Sein Sohn war gerade in der dritten Klasse, und es soll zweieinhalb Millionen Won kosten, dass er einen Monat lang so was wie »How do you do?« lernt. Kim hatte in dem Alter noch nicht einmal richtig das Alphabet gekannt. »Sie haben kein Geld für die Medizin von Vater. Medizin, verstehst du?«, schrie Kim. »Ein Mensch liegt im Sterben, und die drei Millionen Won sind doch nichts dagegen, oder? Hast du denn gar kein schlechtes Gewissen gegenüber meinem Bruder und seiner Frau?«

»Wenn dein Vater mit der Medizin weiterleben könnte, würde ich natürlich auch Geld dafür geben. Aber du weißt doch selbst, dass dein Bruder gegen Windmühlen kämpft. Wenn du Ersparnisse hättest, würde ich das auch anders sehen. Ich habe es sowieso schwer, und du stellst mich immer als schlechte Ehefrau hin. Warum tust du mir das an?« Dann brach sie in Tränen aus. Die Kundschaft aus der Siedlung stand verlegen am Eingang des Supermarktes. Mit voller Wucht trat Kim gegen einen Karton voller Chipspackungen. Waren Zwiebelringe drin? Eine Packung platzte dabei auf, und die Chips verteilten sich überall im Laden. Eine Kundin war gerade mit ihrem Rassehund da, einem Shih Tzu; er rannte schnell hinterher und begann, sich über die Chips herzumachen. Kim kam alles surreal vor. Er sah geistesabwesend auf die Situation, holte das Kontobuch mit der Bankkarte aus dem Schubfach und verließ den Supermarkt. Hinter ihm brüllte seine Frau: »Wenn du das Geld überweist, ist es aus.«

Wenn du das Geld überweist, ist es aus. Aus. Er wünschte sogar, alles wäre endlich aus. Mit seinem Vater, mit den elenden Rechnungen für das Krankenhaus und die Medikamente, mit den Krediten von überall und mit den Ratenzahlungen und auch mit den Kosten für die Lerninstitute für die Kinder, die sowieso über ihren Verhältnissen waren. Vor allen Dingen wünschte er sich, dass es mit dem Supermarkt aus wäre. Er fühlte sich jedes Mal extrem gedemütigt, wenn ihn so eine Mutti aus der Nachbarschaft fragte, was denn das Eis kostete. Was das Eis kostet? Der Preis steht doch riesengroß auf der Eispackung, du verdammtes Frauenzimmer. Diesen blöden Supermarktjob sollte ich lieber hinschmeißen. Ich muss schnell einen Job finden. Bevor ich hier verrecke, muss ich von diesem verfluchten Supermarkt und von der dauernörgelnden Ehefrau weg. Aber in der Realität war das nicht so einfach. Auf seine zahlreichen Bewerbungen bekam er keine einzige Antwort. Was er früher gearbeitet hatte, konnte jeder tun, man musste nur an seinem Platz sitzen. Das erkannte er erst, nachdem er damit aufgehört hatte. Mehr als zehn Jahre lang hatte er eine Arbeit gemacht, die jeder machen kann, und er wurde jeden Monat dafür bezahlt, dass er auf seinem Platz saß. Es würde ihm keine Firma der Welt antworten, da war er sich sicher.

Als Kim an der Kreuzung ankam, war die Bank bereits geschlossen. Aber ein Geldautomat stand daneben, also ging er direkt dorthin. Wenn du das Geld überweist, ist es aus, ist es aus, ist es aus. Die Stimme seiner Frau summte in seinen Ohren. »Ein Mensch liegt im Sterben, was sollte da das verdammte Englischcamp für Kinder? Das Weib hat einfach kein Gewissen«, murmelte Kim vor sich hin. Warum sollen wir in die Bildung der Kinder investieren? Der Sohn, den die Eltern nur bis zur zwölften Klasse unterstützt hatten, kümmert sich um den Vater und hatte obendrein seine Wohnung für ihn eingebüßt. Aber der älteste Sohn, dem die Eltern auch das Studium finanziert hatten, lebt unter der Fuchtel seiner Frau und schafft es nicht einmal, drei Millionen Won lockerzumachen. Kim tippte gereizt die Geheimzahl ein und hob das Geld ab. Aber in dem Moment, als er es in den Händen hielt, fragte er sich: Ich hätte es gleich meinem Bruder überweisen können, was mache ich denn nur? Er wollte es sofort wieder in den Automaten einzahlen, aber das ging nicht. Es war 17:20 Uhr. Die Bank war geschlossen, und an dem Automaten konnte man nicht einzahlen. Also war er gezwungen, es erst am nächsten Morgen zu überweisen. Beim Anblick der 30 Scheine in seiner Hand musste er über seine Dummheit lachen.

Als er wieder auf die Straße trat, fühlte er sich wegen des Geldes unwohl. Was ist, wenn er es auf dem Weg verliert? Seitdem er keinen Job mehr hatte, trug er nie so viel Geld mit sich herum. Wenn er Eis oder Kekse an die Kinder verkaufte, hatte er lediglich mit kleinen Scheinen zu tun. Er steckte die 30 Geldscheine in die Innentasche seiner Jacke und knöpfte sie fest zu.

Er ging nicht nach Hause, sondern lief ziellos umher. Dabei dachte er an seinen Vater, der nun zu einem unsterblichen Monster, und an seine Frau, die zu einer Hexe mutiert war. Er dachte an seinen Bruder, der ihm in einer Ecke seines Herzens immer leidtat. Sein Bruder fuhr zwölf Stunden am Tag einen Lastwagen, kümmerte sich um den kranken Vater und versuchte in seiner Freizeit, an die Medikamente zu kommen. Er dachte an das Gesicht seines Bruders, der rundweg und absolut entschlossen den Kopf schüttelte, als Kim ihn einmal fragte, was er davon hielte, wenn sie Vater seine

Zeit auf dem Land verleben ließen. Dort könnte er in einer schönen Umgebung gutes Essen genießen, anstatt die ganze Tortur im Krankenhaus durchzumachen; er hätte sowieso keine Chance, die Krankheit zu überleben. Wir sind doch gleichen Blutes, woher kam so ein fürsorglicher Sohn? Er schämte sich für sich selbst und fand sich erbärmlich. Er dachte, dass er trotzdem keine andere Wahl hätte. Jemand jammerte einmal, dass sich ein Mann, wenn er schon über 40 ist, nicht mehr auf den Weg machen und versuchen sollte, irgendwo anders Wurzeln zu schlagen. Woanders haben bereits die anderen ihre Wurzeln geschlagen. Einen alten Baum verpflanzt man nicht, und er war schon längst kein junger Spross mehr. Er sollte dort bleiben, selbst wenn der Boden unfruchtbar war und er letzten Endes eingehen würde. Es war sein Platz, und er hatte keine andere Wahl.

Es gab keine Alternative. Kim dachte an die tote Erde, in die er sich manövriert hatte. Was hat er mit seinen 40 Jahren erreicht? Ihm fiel nichts Nennenswertes ein. Er hatte es immer eilig, doch die Zeit zog leer an ihm vorbei. Er fühlte sich unsäglich allein und einsam. Ein Gefühl unerträglicher Leere überkam ihn, der er sich auf der Straße plötzlich ausgeliefert sah. Sollte er in einen Vergnügungspark gehen? Oder in den Zoo? Würde sich seine Stimmung heben, wenn er so große Tiere wie Giraffen oder Elefanten sähe? Würde er sich besser fühlen, wenn er ein paarmal hintereinander mit der Achterbahn führe? Wie wäre es mit Bungee-Jumping?

Inmitten dieser Gedanken kam ihm Song Mina in den Sinn. Sollte er sie anrufen? Er zögerte. Song arbeitete in einer anderen Abteilung seines alten Jobs. Irgendwie war es dazu gekommen, dass die beiden gemeinsam essen gegangen sind, auf ein Gläschen zusammen aus waren und auch Sex miteinander hatten. Wie es dazu gekommen war, daran konnte sich Kim nicht erinnern. Wahrscheinlich hatte Song zuerst ein Treffen vorgeschlagen, und etwas überrascht und aufgeregt hatte er zugesagt. Nach dem Essen hatten sie ein paar Gläser getrunken und waren dann nebeneinander im Hotelbett gelandet. Seitdem hatten sich Kim und Song einige Male auf diese Weise getroffen. Für sie gab es ein paar Männer neben Kim, mit denen sie Abende solcher Art genoss. Sie sagte selbst: »Ich schätze ein elegantes Abendessen mit angenehmen Menschen. Dadurch gewinne ich Raum zum Atmen und ertrage das Großstadtleben besser.« Es hatte Kim stolz und zufrieden gemacht, dass auch er zu einem solch exklusiven Kreis für eine Frau wie Song gehörte. Sie besaß eine Handtasche, die teurer war als zwei seiner Monatsgehälter. Dennoch war sie nicht der Typ Frau, die ihre mit einem Diamantring verzierte Hand in der Luft herumwedelte, um nach dem Kellner zu rufen. Sie besaß Taktgefühl, konnte einen gesunden Abstand wahren, war lustig, nicht belastend oder nachtragend. Vor allem hatte sie die besondere Fähigkeit, ein Gespräch lebhaft zu gestalten, egal, über welches Thema. Daher waren die Treffen mit ihr nie langweilig. Genauer gesagt, war ihm das Verhältnis mit Song ein Trost. Auch nachdem er mit der Arbeit aufgehört hatte, wurde er ein paarmal von ihr angerufen. Aber unter dem Vorwand, dass sich der Zustand seines Vaters verschlechtert hätte, mied er ein Treffen mit ihr. Der eigentliche Grund dafür war, dass er kein Geld für einen eleganten Abend mit ihr hatte. Damals, als er sich mit ihr traf, hatte er als Abteilungsleiter eine Firmenkreditkarte und konnte ein paar private Sachen damit abrechnen. Außerdem hatte er auch ein Konto, von dem seine Frau nichts wusste. Jetzt stand er nur noch an der Kasse in einem kleinen Supermarkt, wo er Kindern Eis verkaufte und Wechselgeld herausgab.

Kim dachte an Songs schmale Taille und an ihren festen Hintern. Er meinte, er bräuchte jetzt etwas Trost in seinem Leben, und dachte über die Kosten nach, die für ein elegantes Abendessen anfielen. Dann steckte er die Hand in die Innentasche seiner Jacke und umfasste den Umschlag mit dem Geld. Er war dick. Kim dachte an das Albumin seines Bruders. Und an das Englischcamp für seinen Sohn. Geistesabwesend stand er an der Kreuzung und beobachtete die Ampel am rechten Zebrastreifen, die von Rot auf Grün schaltete. Dann starrte er zum linken Zebrastreifen, wo die Ampel von Grün auf Rot schaltete. Als die rechte Ampel von Grün auf Rot wechselte, rief er Song an. Sie ging ran und zeigte sich übertrieben begeistert: »Ach, du bist es. Lange nichts mehr gehört. Schön, dass du mich angerufen hast. Das freut mich wirklich sehr.« Ihr Überschwang erleichterte Kim und gab ihm Mut. Die dreißig Scheine in seiner Tasche stärkten sein Selbstbewusstsein. Er fragte sie etwas schwermütig, ob sie heute Abend Zeit hätte, mit ihm essen zu gehen. Sie fragte, ob bei ihm etwas vorgefallen sei, weil seine Stimme nicht gut klang. »Mein Vater ist gestorben«, erwiderte er langsam mit tiefer Stimme, »ich bin gerade von der Beerdigung aus Busan zurück.«

Kim traf sich mit Song in einem Restaurant, das auf Hummer spezialisiert war. Ein Menü kostete 120.000 Won pro Person, und der Kellner Mitte 50 trat so galant auf, dass er in einem edlen VIP-Klub mit pensionierten CEOs Pfeife rauchen sollte. Er brachte noch extra die Weinkarte, auf der keine Flasche unter 150.000 Won zu finden war. Er schlug ein paar Lagen vor, die angeblich ideal waren, um den wahren Geschmack des Hummers zu genießen. Die Karte betrachtend, zögerte Kim etwas, dann bestellte er gezwungenermaßen eine Flasche für 180.000 Won.

Während des Essens versuchte Song die ganze Zeit aufrichtig, Kim wegen seines Vaters zu trösten. »Du musst sehr traurig sein«, sagte sie. Er antwortete, dass er ehrlich gesagt nicht so traurig sei. Die Tatsache, dass er als ältester Sohn trotzdem immer ein trauriges Gesicht zeigen muss, mache ihn umso trauriger. Song wirkte verwundert. Daraufhin erzählte Kim, dass eine Wohnung dran glauben musste, um die Rechnungen für das Krankenhaus zu zahlen, und dass die Familie in den letzten drei Jahren nicht richtig schlafen konnte, da sie sich um den Vater kümmerte. Dann fügte er noch hinzu, dass er die Familie in »Die Verwandlung« von Kafka verstehen könnte, die nach dem Tod des in einen Käfer verwandelten Sohnes nach langer Zeit glücklich zu einem Picknick aufbricht. Song nickte, als würde sie das nachvollziehen können. Trotzdem fragte sie: »Das heißt aber nicht, dass du gar nicht traurig bist, oder?«

Er zuckte mit den Schultern und sagte, dass er sich etwas orientierungslos fühle, weil die Beerdigung nicht lange her ist. »Ich weiß es nicht genau. Es ist alles so kompliziert, und ich bin etwas verwirrt«, sagte er dann. Sie nickte wieder, als könnte sie das verstehen.

Wegen des Themas schafften die beiden nicht einmal die Hälfte des Hummers. Die teure Flasche Wein war auch noch halb voll. Als Kim die ganzen Reste auf dem Tisch sah, bereute er es zum ersten Mal, über den Tod seines Vaters gelogen zu haben, nur um die peinliche Situation zu vermeiden, dass er sie nach langer Zeit mal wieder angerufen hatte. Als die beiden aufstanden, nahm Song die Rechnung mit den Worten, dass sie ihn einladen wolle. Da schüttelte er entschlossen den Kopf und riss sie ihr aus der Hand. Song ließ die Rechnung lächelnd fahren. Für das verdammte Restaurant gingen fünf Scheine drauf. Er dachte an die sechs Fläschchen Albumin, die nun aus dem Karton seines Bruders verschwunden waren.

Song fragte ihn, ob er noch Lust auf ein Bier hätte. Sie meinte, dass sie neulich in einem Lokal gewesen war, in dem der Inhaber das Bier nach deutscher Art braute. Er sei nach Deutschland gegangen, um Brauwesen zu studieren. Kim dachte nicht an das deutsche Scheißbier, stattdessen war er scharf auf heißen Sex mit Song in einem Hotel, und das so schnell wie möglich. Aber das ging nicht. Um das elegante Abendessen mit dieser Frau zu Ende zu bringen, musste er mit ihr in einem Taxi zu diesem Lokal fahren, in dem jemand selbst gemachte deutsche Wurst anbot und mit Meisterhand deutsches Bier braute. Das Bier kostete 13.000 Won pro Glas, und ein Teller Wurst, bei der Kim keinen Unterschied zu den im Supermarkt erhältlichen Wienern schmecken konnte, kostete sogar 40.000 Won. Während sie das deutsche Bier schlürften und wieder zwei Fläschchen Albumin dadurch verloren gingen, wirkte Song leicht angetrunken.

Er setzte sich unauffällig zu Song. Sie legte ihren Kopf zur Seite und grinste ihn an, als würde sie ihn süß finden. »Ich habe dich immer gerngehabt, weil du nicht so verbissen drauf warst«, sagte Song mit etwas undeutlicher Aussprache,

»die anderen sind alle so verbissen, aber du bist immer locker drauf, so bescheiden. Du kannst immer wieder aufstehen, ohne einer Sache ewig nachzutrauern.« Da erwiderte er selbstironisch: »Ich bin nicht locker drauf, sondern nur zu weich, verdammt weich.«

Song trank ihr Bier aus und sagte, dass sie in einem Monat heiraten werde. »Also denk nicht dran, mich heute Abend einfach flachzulegen. Ich heirate bald.« Sie stieß neckisch an seine Schulter. Kim machte ein schmollendes Gesicht, und sie streichelte seine Wange. »Du bist so süß. Aber heute trinken wir nur.«

Sie wollte heute anscheinend wirklich nur trinken, sie trank sehr viel. Also war sie stockbesoffen, als sie das Lokal verließen. Weil sie so betrunken war, musste er die verdammte Wurst und das deutsche Bier bezahlen. Song sagte immer wieder, dass sie sich gefreut habe, ihn zu treffen, während ihr Körper hin und her schwankte. Dann fügte sie noch hinzu, dass es sie ein wenig traurig mache, bald die gute Ehefrau spielen zu müssen. Sie torkelte und sang sogar angetüdelt ein Lied. Kim half ihr dabei, geradeaus zu laufen, und suchte fleißig nach einem Hotel. Aber in der Nähe war keines zu sehen, nur schäbige Stundenhotels. Solche Absteigen waren jedoch eine Beleidigung für ihre Brust, ihren Hintern und das elegante teure Abendessen, wofür acht Fläschchen Albumin draufgegangen waren. Natürlich war nichts eine Beleidigung für den Verkäufer in einem kleinen Supermarkt. Aber weil er kein Hotel fand, das ihm für Songs Brüste würdig erschien, ging er in irgendeine Absteige.

Kim legte Song, die komplett dicht war, ins Bett. Dabei sagte sie: »Ach, warum sind wir denn hier?« Er schob ihr

Oberteil hoch, machte ihren BH auf und fasste ihren Busen an. »Hey, du, ich heirate bald. Also darfst du das nicht machen«, brachte sie nuschelnd hervor. Ungeachtet dessen leckte er ihre Brust. Sie schob sein Gesicht sanft von sich: »Wenn ich dich so sehe, bist du ein ziemlicher Flegel.« Er schob seine Hand unter ihren Rock und zog ihren Slip aus. »Hey, ich sagte doch, du sollst das lassen. Ich heirate bald«, legte sie nach. »Ich weiß, das weiß ich doch, du sollst selbstverständlich heiraten. Hat jemand was dagegen gesagt? Du heiratest. Du wirst bestimmt eine glückliche Ehe führen.« Mit diesen unsinnigen Worten ließ er eilig seine Hose herunter. Dann versuchte er, sein Geschlechtsteil schnell in ihre Vagina zu schieben, obwohl sie noch nicht feucht war. Da haute sie ihm hart eine runter und schrie laut: »Du Schwein, ich sagte doch, ich will keinen Sex mit dir! Ich mache keinen Sex, du Mistkerl!« Sie richtete sich auf, machte ihren BH zu und schob ihr Oberteil runter. Dann krallte sie ihren Slip, der im Bett herumlag, und stopfte ihn in ihre Handtasche. Er saß immer noch mit einem dummen Gesichtsausdruck an einer Ecke des Bettes. »Ich habe das oft genug gesagt. Das musst du doch verdammt noch mal kapiert haben, oder nicht«, fuhr sie ihn erneut an. Dann knallte sie die Tür zu und ging.

Das Gerät in der Mitte der Sauna spuckt noch immer heftig Dampf aus und piept, als würde es explodieren. Ja, Song heiratet, und ich verkaufe dämliches Eis. Song heiratet, und ich verkaufe Chips. So ist das Leben. Was kann ich schon tun, außer meine Wurzeln in der vertrauten Erde zu lassen? Während er an Songs harten Hintern gedacht hat, ist sein Geschlechtsteil angeschwollen. Er nimmt schnell das Handtuch von seinem Kopf und deckt seine Erektion ab. Der rote Sand ist bereits durchgelaufen. Schweißperlen quellen aus allen Poren und tropfen ununterbrochen auf den Boden. Kim sieht, dass sein Platz von seinem Schweiß ganz nass geworden ist; er war zu lange in der Sauna. Er steht auf. Weil er so viel geschwitzt hat, schwankt er dabei etwas. Die Sauna ist voller Dampf, und der Alte liegt immer noch auf dem Boden. Alle Achtung, der ist ja wirklich hart im Nehmen, dass er sich an so einem heißen Ort nicht rührt. Aber sein gurgelndes Atemgeräusch ist nicht mehr zu vernehmen. Kim geht mit seinem rechten Ohr ganz nah an den Alten heran. Noch immer ist nichts zu hören. Erschrocken schüttelt er ihn. »Hallo, kommen Sie bitte zu sich. Hallo, bitte kommen Sie zu sich.« Da öffnet der Alte halb die Augen. Warum Kim plötzlich so ein Theater mache, genau das zeigt sein Gesichtsausdruck. »Was ist?«, fragt der Alte. »Ich dachte, Sie atmen nicht mehr«, antwortet Kim zaghaft. Der erwidert nichts und schließt wieder seine Augen. »Hallo, wenn Sie hier einschlafen, könnte das wirklich schlimm werden. Das ist gefährlich, wissen Sie?«, legt Kim nach. Der Alte winkt jedoch ab, als ob er ihn lästig findet. Etwas betreten schaut sich Kim in der Sauna um, dreht die Sanduhr, ohne groß darüber nachzudenken, und verlässt anschließend die Kabine.

Draußen merkt er, wie kühle Luft jeden Winkel seines Körpers streift. Er fühlt sich erfrischt, als ob er aus einem Gefängnis ausgebrochen wäre. Also deshalb übt man sich wohl in Geduld. Geduld ist schmerzlich, aber nach dem Erdulden ist alles so süß. Kim geht zum Kaltwasserbecken. An der Fliesenwand steht »Bitte unbedingt! den Schweiß abwaschen und erst dann ins Kaltwasserbecken gehen«. Aber Kim duscht nicht ab und lässt sich einfach ins Wasser gleiten. Von der eisigen Kälte berauscht, taucht er bis zum Boden, und sein erhitzter Körper kühlt rasant ab. Die Muskeln und Adern, die sich extrem gedehnt und entspannt hatten, ziehen sich zusammen und werden straff. Wie ein Rochen, der auf dem tiefen Meeresgrund schläft, bleibt er eine Weile am Boden liegen. Je kälter sein Körper wird, desto klarer und einfacher scheinen seine Probleme zu sein. Alles – das Albumin des Bruders, der Tod des Vaters, die Missachtung seiner Frau ihm gegenüber und die Verachtung von Song – scheint mit einem kalten Körper nicht mehr wichtig zu sein. Kim streckt seinen Kopf aus dem kalten Wasser und murmelt: »Ja, nichts muss mir peinlich sein oder leidtun.«

Er steigt aus dem Becken und sieht den Alten immer noch auf dem Boden liegen. Kim fürchtet, dass ihm doch was Schlimmes passieren könnte. Aber er will sich nicht einmischen und geht schnurstracks an der Dampfsauna vorbei zu einer Liege. Sobald er sich hinlegt, überkommt ihn bleierne Müdigkeit. Seit Tagen hat er nicht richtig geschlafen, gestern hat er mit Song zu viel getrunken. Und in der Sauna hat er zu viel geschwitzt. Sein ganzer Körper fühlt sich schwach an. Mit dem Blick auf die Wanduhr glaubt er, ein paar Stunden schlafen zu dürfen. Sein Sohn kommt gegen 16 Uhr, also muss er bis dahin zurück im Supermarkt sein. Er schließt die Augen und denkt an die enttäuschte Stimme seines Bruders. »Da kann man nichts machen«, sagte sein Bruder, als Kim ihm erzählte: »Ich habe alles versucht, was ging, aber die Wirtschaftslage ist einfach nicht gut. Es ist so schwer, drei Millionen Won locker zu machen. Tut mir leid.« Dann denkt er an die leeren Albumin-Flaschen, die sich bei seinem Bruder stapelten. Und an seine Frau, die strahlte, als er ihr 2,5 Millionen Won gab, die er mit den restlichen Scheinen und dem Geld aus der Supermarktkasse gerade so zusammengekratzt hatte. Er denkt weiter an seinen Sohn, der im Englischcamp den ersten Platz schaffen und Lob von den ausländischen Missionaren bekommen wird. Er denkt auch an Song, mit der er keinen Sex mehr haben kann, und an ihren harten Hintern. Und an den Glückspilz, der den harten Hintern von Song heiratet. Er denkt dann an die heruntergekommene öffentliche Badeanstalt, in die er als Kind mit seinem Vater gegangen war, und an die süße leckere Bananenmilch, in die sein Vater für ihn einen Strohhalm steckte und die er dann trank. Dann schläft er ein.

Inmitten eines großen Auflaufs erwacht er. Rettungskräfte, Polizei und der Saunainhaber laufen geschäftig hin und her. Ist Feuer ausgebrochen? Kim schaut sich um. Ein Rettungssanitäter schüttelt den dürren Alten, der auf einer Bahre liegt: »Hallo, kommen Sie bitte zu sich. Wie ist Ihr Name? Hallo?« Aber der Alte zeigt keinerlei Reaktion. Daraufhin holt ein anderer Sanitäter eine Sauerstoffmaske, legt sie dem Alten an, und sie verlassen den Ort in atemberaubender Geschwindigkeit. Es sieht so aus, als würde sich der Saunainhaber gegenüber einem Polizisten in den Fünfzigern mit einem Gesichtsausdruck rechtfertigen, als wäre all das nicht seine Schuld. Der Polizist scheint ihm nicht richtig zuzuhören. Stattdessen sieht er sich genau um und entdeckt Kim, der noch schlaftrunken und in komischer Haltung auf der Liege sitzt. Verdutzt fragt ihn der Polizist: »Hallo, haben Sie die ganze Zeit hier geschlafen?« Leicht verwirrt nickt Kim.

»Ach«, bricht der Polizist in künstliches Lachen aus. Dann mustert er Kims nackten Körper von Kopf bis Fuß mit einem abwertenden Blick. »Ein Mensch stirbt neben Ihnen, und Sie schlafen selig. Es muss schön sein, ein so entspanntes Leben führen zu können«, sagt er spöttisch. Dann verlässt er kopfschüttelnd die Sauna, und der Inhaber folgt ihm.

Alle sind verschwunden. Es wird still, als wäre nichts geschehen. Kim sitzt weiter zusammengesunken auf der Liege, noch immer nicht ganz wach. Geistesabwesend schaut er sich um. Die Wassertropfen, die von der Decke hinunterrieseln, klingen seltsam laut. Auf einmal merkt Kim, dass sich sein Körper abgekühlt hat, und lässt sich leise ins Warmwasserbecken gleiten.

DIE FLUSSMÜNDUNG

Der Mann, den mir der Makler vorstellen will, sitzt auf dem Flussdamm. An seiner Angelschnur hängt eine Pose, die auf dem Fluss schwimmt. Neben ihm stehen eine alte Angeltasche und eine leere Flasche Soju. Er hat wohl die Flasche geleert, ohne etwas zu essen, was ihn mir irgendwie sympathisch macht. In seinem Eimer ist kein einziger Fisch. Aber das scheint ihm nichts ausmachen.

Wahrscheinlich klärt der Makler den Mann über meine Situation auf. Möglicherweise erzählt er ihm, dass ich keine Kaution zahlen kann, aus Seoul komme und nicht genau weiß, wie lange ich bleiben werde. Womöglich auch, dass er von meinem Äußeren her den Eindruck hat, dass ich irgendwie auf der Flucht bin, aber trotzdem kein böser Mensch sei. Ja, vielleicht hat er es ungefähr so dem Mann erzählt. Während der Makler spricht, dreht der Mann ab und zu seinen Kopf in meine Richtung. Nach dem Gespräch kommt er auf mich zu.

»Sie können also keine Kaution hinterlegen?«
»Nein, dafür werde ich mehr Miete zahlen.«

»Das brauchen Sie nicht. Die Kaution gehört ja sowieso nicht mir.« Er hält kurz inne und sieht zum Fluss hinunter. Die Pose treibt bedeutungslos auf der Oberfläche. Er fragt: »Wie wollen Sie essen?«

Ich verstehe nicht, was er genau meint. Was geht es ihn an, wie ich esse? Während ich etwas verwirrt mit der Antwort zögere, spricht er weiter: »Ohne Kaution liegt die Monatsmiete bei einer halben Million Won. Essen können Sie bei uns. Meine Frau hat eine Gaststätte, das Essen ist einigermaßen genießbar.«

Seine Sprache ähnelt seinem Gesicht. Er lächelt immer, aber ich kann beim besten Willen nicht entscheiden, ob er lacht, weil ihm etwas gefällt oder weil er verbergen will, dass ihm etwas nicht gefällt. Der Makler steht daneben und nickt, als würde er damit unterstreichen wollen, dass es keine besseren Konditionen geben könnte. In der Tat sind es gute Bedingungen. Die Kosten für das Essen würden bereits die Miete weit überschreiten. Außerdem ist es hier auf dem Land schwer, ein Zimmer ohne Kaution für einen kurzen Zeitraum zu mieten.

»Kann ich mir das Zimmer mal ansehen?«

»Ja, aber später«, erwidert er und wedelt dabei mit der Hand. »Wenn ich jetzt nach Hause gehe, lässt mich mein Weib nicht wieder weg.«

»Na ja, ich müsste das Zimmer schon mal ansehen«, sage ich und halte unschlüssig inne.

»Es ist schön«, schneidet er mir das Wort ab. »Groß und ruhig. Aus einem Fenster kann man die Mündung des Nakdong-Flusses sehen, aus dem anderen das Meer. Es ist also perfekt, um den Kopf frei zu bekommen.«

Seine entschlossene Ausdrucksweise erweckt Vertrauen in mir. Eigentlich darf ich in meiner Situation auch nicht wählerisch sein, also öffne ich meine Tasche und greife nach dem Umschlag mit dem Geld. Es ist mein gesamtes Vermögen, etwa drei Millionen Won. Ich zähle die Scheine und frage mich: Was wirst du tun, wenn dir das Geld ausgeht? Hast du vor, dir das Leben zu nehmen? Mein anderes Ich zählt standhaft und still die Scheine und reicht sie ihm. Ohne nachzuzählen, steckt er sie in seine Jackentasche und sagt: »Wenn man am selben Tisch isst, gehört man praktisch schon zur Familie. Also lassen Sie uns ein Gläschen trinken.«

Ich nicke unschlüssig.

»Wenn du Zeit hast, komm mit«, sagt er zu dem Makler.

»Willst du ins Euphoria oder ins Sponge«, fragt der Makler, als ob er darauf gewartet hätte.

»Im Sponge soll es ein neues Mädchen geben, das ich bisher noch nicht gesehen habe«, antwortet der Mann strahlend.

»Aber wenn uns deine Frau dabei erwischt, wie wir aus dem Sponge kriechen, wird sie uns doch zur Sau machen, oder?«

Der Mann grinst und sammelt wortlos seine Angelausrüstung zusammen. Dann beginnt er, flink den Flussdamm entlangzulaufen. Am Horizont versinkt gerade die Sonne. Die Stelle, wo der Fluss nahtlos ins Meer übergeht, öffnet sich im Abendrot zu einem riesigen Maul.

Ich folge dem Vermieter in eine Kneipe, eine merkwürdige Mischung aus einer 80er-Jahre-Karaokebar und einem Striplokal. Die Theke hat die Form eines Hufeisens, darin stehen eine Karaoke-Bühne und ein Schlagzeug, an dem niemand sitzt. Nur ein alter Mann stimmt seine Gitarre, während er Soju trinkt und Erdnüsse knabbert. Mein Vermieter scheint Stammkunde zu sein, denn sobald er das Lokal betritt, strömen die Frauen kreischend aus einer Ecke auf ihn zu. Es ist scheinbar noch zu früh für das Abendgeschäft, jedenfalls fehlt auf ihren Gesichtern einiges an Make-up. Alle wirken zu alt, um in einer solchen Bar zu arbeiten. Obwohl der Mann nichts bestellt hat, bringt die Wirtin eine Flasche Whisky, zehn Flaschen Bier und getrockneten Fisch. Als ich diesen aufmerksam betrachte, fragt er: »Sie kennen Namax wohl nicht?«

Ich schüttle den Kopf.

»Die korrekte Bezeichnung ist roter Wels. Man frittiert ihn. Früher konnte man ihn überall kriegen, aber in letzter Zeit musste er für den Tintenfisch das Feld räumen. Doch Namax ist eine ganz andere Liga, hmmm.«

Ich verstehe nicht, warum er damit prahlt, dass Namax eine andere Liga sei, aber er scheint diese Situation zu genießen. Dann macht er den Whisky auf, schenkt etwas davon in die Gläser und wirft jeweils zwei Eiswürfel dazu. Anschließend schiebt er eins mir und eins dem Makler zu. Kurz beobachte ich den unheilvoll in meinem Glas wogenden Alkohol. Seit ich aus der Entzugsklinik entlassen worden bin, habe ich keinen einzigen Tropfen getrunken. Ich war dort zum dritten Mal stationär untergebracht, nachdem ich von der Polizei stockbesoffen aufgegriffen worden war und mich meine Familie zwangseingewiesen hatte. Meine Frau kam mit den Scheidungspapieren in die Klinik. Sie sagte zwar nichts, aber während ich die Unterlagen las, weinte sie. Wir waren sieben Jahre zusammen und weitere acht Jahre verheiratet. Wenn ich es mir so überlege, ist das eine ganz schön lange Zeit. Jeden Tag habe ich mit dieser Frau gegessen, ferngesehen, geschlafen und Tee getrunken. Ob ich jemals wieder 15 Jahre lang mit jemandem zusammenleben könnte? Da diese Frage so absurd ist, musste ich schmunzeln. Welche Frau würde schon einen Alki wie mich 15 Jahre lang ertragen? Wahrscheinlich würde es niemand länger als einen Monat aushalten. Die Scheidungsunterlagen waren endlos, und es gab unwahrscheinlich viele Textfelder, die man handschriftlich ausfüllen musste. Ich sollte meinen Namen, die Personalausweisnummer und Adresse angeben. Dann wurden die Angabe eines Scheidungsgrunds und eine Vermögensteilung verlangt. Auf dem nächsten Blatt musste ich abermals meinen Namen und ähnlich Unsinniges wie den Scheidungsgrund aufschreiben. Durch den Entzug zitterte meine Hand, die den Stift umklammerte. Trotzdem füllte ich die vielen leeren Felder. Es gab nichts, womit ich mich herausreden oder rechtfertigen konnte. Um ehrlich zu sein, ich hatte einfach keine Kraft, um Ausflüchte zu finden oder mich herauszuwinden. Nachdem ich mit dem Ausfüllen fertig war, unterschrieb ich alles.

»Sie vertragen wohl keinen Alkohol?«, fragt der Mann sichtlich verwundert und beobachtet mit geneigtem Kopf, wie ich abwesend mein unberührtes Glas anstarre. »Wenn Sie nicht wollen, müssen Sie nicht. Wir zwingen niemanden, wenn er nicht will. Es wäre aber schade um den Whisky.«

»Natürlich«, sagt der Makler mit einem Augenzwinkern. Er scherzt: »Wie viele Menschen gibt es mit tragischen Geschichten, die sich gern betrinken würden, aber keinen

Alkohol haben. Einen solch kostbaren Tropfen darf man auf keinen Fall verschwenden. Dafür würde man bestimmt bestraft werden.«

Ich rühre mein Glas nicht an. Nur die beiden prosten sich zu und leeren ihre Gläser. Der Vermieter schenkt sich nach und summt dabei ein Lied. Durch die Flasche vor ihm scheint er gute Laune zu haben. So ging es mir auch. Obwohl mein Leben vor meinen Augen ruiniert wurde, war ich glücklich, wenn ich vor einem Glas Alkohol saß. Der Mann schiebt sein Glas in meine Richtung und lädt mich zum Anstoßen ein. Dabei zeigt er ein schmieriges Lächeln, das ich aber nicht deuten kann. Ob er mich auslacht oder nur auf meine Reaktion wartet?

»Wenn Sie keinen Alkohol wollen, trinken Sie zumindest Cola. Wenn Sie nur rumsitzen, fühlen wir Trinker uns unwohl«, sagt er mit enttäuschter Stimme, als wäre er es leid zu warten.

Mit einem Lächeln fingere ich die zwei Eiswürfel aus meinem Glas und werfe sie auf den Boden. Dann nehme ich die Whiskyflasche und fülle es bis zum Rand. Die beiden beobachten mich aufmerksam, als würden sie das alles höchst interessant finden. Sanft stoße ich mit meinem Vermieter an und trinke mein Glas in einem Zug aus. Das Gefühl, wie der starke Alkohol meine Speiseröhre hinunterfließt, gefällt mir. Ein lebendiges Gefühl, das eingeschlafene Zellen wieder wach werden lässt. Mein älterer Bruder hatte mich in der Klinik besucht und hielt weinend meine Hand. Er fragte, wie ich so dermaßen kaputtgehen konnte. »Mutter macht deinetwegen kein Auge mehr zu. Es ist noch nicht zu spät. Du kannst es schaffen, einen Neuanfang zu machen. Aber wenn du noch mal anfängst zu trinken, werde ich dich nie wiedersehen. Hast du verstanden?«, brachte er unter Tränen hervor. Aber in dem Moment, in dem der Alkohol wieder durch meinen Rachen fließt, habe ich weder Gewissensbisse noch Schuldgefühle. Ich habe doch schon alles verloren, warum soll ich aufhören zu trinken? Der Vermieter wirkt überrascht, weil ich mein Glas so, ohne abzusetzen, geleert habe; er wendet sich dem Makler zu und sagt begeistert:

»Ein toller Typ. So einer, der trinken kann!«

»Und wie! Nach langer Zeit mal wieder ein richtiger Kerl.«

»Junge, Junge, hast du das gesehen? Er hat dieses Zeug in einem Zug runtergeschluckt. Ganz sanft den Hals runter. Einfach so schafft man das nicht. Da sieht man mal wieder, dass man sich nicht vom Äußeren täuschen lassen sollte.«

»Ich habe dir vorhin gesagt, dass er aus gutem Holz ist. Nicht umsonst sagt man, dass Menschen, die Alkohol mögen, immer gute Menschen sind.«

»Freilich, das versteht sich von selbst.« Der Vermieter strahlt.

Es ist nicht zu fassen. Wie kann der Umstand, dass ich viel vertrage, für die beiden eine so große Freude sein? Das ganze Gehabe der beiden, diese komische Bar und die schier endlosen Felder an der Flussmündung, die ich auf dem Weg hierher gesehen habe, außerdem die Tatsache, dass ich heute hier bin, obwohl ich noch gestern in Seoul war – all das kommt mir fremd und irreal vor. Ich habe das Gefühl, dass etwas Irreales meinen Kopf verstopft hatte und nun wieder herausfloss, nur um diese billige Kellerbar und die Köpfe der beiden zu füllen. Mein Magen ist leer, und da ich nach langer

Abstinenz getrunken habe, spüre ich den Alkohol sofort in mein Gesicht steigen und fühle mich träge. Aber die beiden kommen jetzt richtig in Fahrt und schenken sich ausgelassen ein. Dann stellt der Vermieter fest, dass der Whisky alle ist, und bestellt bei der Wirtin eine neue Flasche. Sie bringt eine und fragt, warum sie heute so hastig trinken, und tut so, als würde sie sich Sorgen machen. »Heute habe ich unglaublich gute Laune. Bei mir ist ein toller Kerl eingezogen«, antwortet der Mann triumphierend. Dann öffnet er die neue Flasche, füllt das Glas des Maklers und hebt sein Glas: »Kommt! Lasst uns trinken. Auf das tolle neue Familienmitglied!«

Mitgerissen von einer Welle ansteckender Fröhlichkeit, leeren wir alle in einem Zug unsere Gläser. »Hach, heute ist ein guter Tag, da darf ein Lied nicht fehlen«, sagt der Vermieter, steht auf, geht in die Mitte der Bar und greift zum Mikro. Der alte Mann, der Soju getrunken und Erdnüsse geknabbert hat, kommt mit der Gitarre langsam in Richtung Bühne geschlurft. Er beginnt zu spielen, und der Vermieter legt los. Dem alten Gitarrenspieler ist die Erfahrung deutlich anzumerken, und der Vermieter singt wie ein Profi. Das langsame und traurige Lied passt gut zu seiner tiefen vollen Stimme. Zwei der Frauen gehen zu ihm und umschlingen sanft seine Taille.

»Du bist ein guter Mensch«, sagt der Makler.

»Ich? Ach nicht doch, da irren Sie sich gewaltig.« Ich lächle.

»Doch, er mag dich. Schlechte Menschen kann er zwar nicht erkennen, aber gute erkennt er auf Anhieb«, sagt er und wendet sich zum Vermieter, der noch immer ins Mikro singt. Dabei lächelt der Makler traurig, als hätte er Mitleid.

Kurz darauf kommt der Vermieter nach seinem Auftritt zurück und trinkt in mächtigen Schlucken sein Bier, als hätte er großen Durst. Die alten Ladys, die inzwischen fertig geschminkt sind, kommen nun in Scharen zu unserem Tisch geschwärmt und schwatzen laut. Sie sind aufgekratzt und voller Energie. Wir singen, trinken, streicheln ihre Wangen, hauen ihnen auf die Hintern und lachen hemmungslos über unsere dreckigen Witze. Der Vermieter meint, er fühle sich heute super, und bestellt noch mehr Alkohol. Er hat gute Laune, die Wirtin der Kneipe und die Ladys ebenso. Deshalb mixen wir das Bier und den Whisky zu einer echten Bombe, saufen es in einem Zug leer, singen wieder, klatschen noch mehr auf die Hintern, reißen einen dreckigen Witz nach dem anderen. Wir lachen, bis wir das Gefühl haben, unser Kreuz könnte dabei brechen.

Stockbesoffen verlassen wir die Kneipe. Vorher will die Wirtin die Rechnung kassieren, 788.000 Won. Ich greife in meine Tasche, um etwas dazuzugeben. Doch der Vermieter schlägt mir auf den Handrücken. »Lass gut sein. Wir haben was Tolles getrunken, und du willst mir jetzt die Laune versauen? Du bist Gast bei uns, also bezahle selbstverständlich ich. So sind die Regeln hier am Meer, da, wo Ho Dae wohnt, verstanden?«

Eigentlich klingen seine Worte wie ein Witz, hören sich aber so streng an, dass ich mich nicht mehr rühre. Er holt aus seiner Jacke das Geldbündel, das ich ihm als Monatsmiete gegeben habe, und nimmt noch weitere 200.000 Won aus seinem Portemonnaie. Trotzdem fehlt etwas. Also holt der Makler aus seinem Geldbeutel weitere 100.000 Won, damit es stimmt.

Wir verlassen die Bar und gehen zu einer Kneipe am Pier, die provisorisch mit einem Zelt ausgestattet ist, um weiter zu trinken. Der Vermieter bestellt Soju, Oktopus und gegrillte Muscheln. Erst dort stellen wir uns namentlich vor. Auf diesem Weg erfahre ich, dass der Vermieter Ho Dae heißt und der Makler Ho Samsik. Sie sind Cousins, und noch vor 30 Jahren besaßen sie an der Mündung des Nakdong-Flusses Grundstücke, die drei- oder viermal größer waren als der Seouler Stadtteil Yeouido.

»Die ganzen Schilffelder da vorne gehörten unserem Großvater«, sagt der Makler.

»Was ist dann aus dem Grundstück geworden?«, will ich wissen. Ich bin neugierig.

»Verscherbelt haben wir alles, zum Saufen«, antwortet Ho Samsik.

»Alles? Das gesamte Land, das drei- oder viermal größer ist als Yeouido?«, frage ich verwundert zurück.

»Mein großartiger Cousin, der neben dir sitzt, hat ungefähr ein Drittel davon versenkt, indem er sich als Filmemacher versucht hat. Um den Schaden wieder wettzumachen, habe ich ein Unternehmen gegründet. Dabei ging wieder ein Drittel den Bach runter. In dieser beschissenen Welt konnten wir nur noch saufen, dann waren die übrigen Grundstücke auch weg. Du, Cousin, für wie viel haben wir das verkauft?«

»Scheiße, pro Quadratmeter 50 oder 60 Won«, antwortet Ho Dae und feixt.

»Wie viel ist es jetzt wert?«, frage ich Ho Dae.

»Keine Ahnung. Frag den Typen da. Der ist schließlich Makler und lebt davon, Land zu verkaufen.«

»Zurzeit sind es mindestens eine Million Won. Es ist Ausbaugebiet, und sie bauen, was das Zeug hält. Es hängt mit einer Sonderzone zusammen oder so was.«

»Eine Fläche, die du für 50 Won verkauft hast, ist nun eine Million wert«, entgegnet Ho Dae lachend. »Wie kannst du auf diesem Land als Makler arbeiten? Du musst ja eine Seelenruhe haben.«

»Du solltest mal erwachsen werden, mein Lieber. Das Leben ist so grausam. Und gerade weil es grausam ist, macht es ja Spaß.« Ho Samsik lacht.

»Schön für dich. Wenn es Spaß macht und grausam ist.« Ho Dae bricht in schallendes Gelächter aus.

»Ja, es ist schön. So unglaublich schön. Es ist grausam und macht Spaß«, sagt Ho Samsik und lacht laut mit. Er fährt fort: »Na ja, was hast du schon für Sorgen? Nämlich gar keine. Deine Frau ist ja wie ein Elefant und bringt Geld ins Haus. Und deine Kinder sind wie Wölfe und sorgen für sich selbst. Also kannst du deinen Spaß haben und musst dir keine Gedanken machen, wie du deine Familie versorgen sollst. Mein Leben dagegen bereitet mir immer Sorgen. Meine Frau ist kein Elefant. Und die Kinder sind wie Hyänen, die nur dran denken, wie sie ihren Vater wie eine Weihnachtsgans ausnehmen können.«

Nach diesem Monolog schüttet er sein Glas Soju runter.

»Hast du schon mal einen Elefanten gesehen?«, fragt mich Ho Dae aus heiterem Himmel.

»Wie bitte?«

»Ob du einen Elefanten schon einmal in echt zu Gesicht bekommen hast«, sagt Ho Dae betrunken. »Alle sagen, dass mein Weib einem Elefanten ähnelt, aber ich habe noch nie einen in Wirklichkeit gesehen. Ich würde mir gerne mal das Tier ansehen, das ihr so ähnlich sein soll.«

»Die gibt es doch auch in kleinen Zoos, oder?«

»Wir mögen aber keine Zoos. Außerdem sollte ich doch beim ersten Mal dieses liebenswürdige, meiner Frau ähnelnde Tier nicht in einem Zoo sehen, oder?«

»Ah ja, Elefant. Meine Schwägerin ist wirklich ein Elefant. Der Typ, der sich ihr Ehemann schimpft, bringt kein Geld ins Haus und hilft nicht einmal bei der Arbeit. Er geht nur angeln und säuft, und trotzdem ist sie lieb zu ihm. Du hast so ein Riesenglück. Verdammt, du hast in deinem früheren Leben wohl unser Land gerettet. Ich hingegen habe es in meinem früheren Leben an den Feind verkauft.«

»Wir leben zusammen, weil es uns beiden so passt. Denkst du, dass ich gar nichts beitrage?«, fährt Ho Dae seinen Cousin an.

»Das ist doch so, oder?«

»Du hast keine Ahnung, wie es bei uns so läuft. Ich liebe meine Frau doch. Die Liebe zählt. Ich liebe sie mit vollster Hingabe. Alle denken, ich liege ihr auf der Tasche, aber ich sage dir, die haben keine Ahnung. Ich darf sie nicht verlassen, weil sie sonst arm dran wäre.«

So wie Ho Dae herumspinnt, bricht Ho Samsik in Gelächter aus. Ich ebenfalls. Er hebt sein Glas: »Gut, lass uns anstoßen. Du liebst hingebungsvoll, und ich halte mich über Wasser, indem ich als Makler arbeite. Das Leben ist schön.«

Wir stoßen an und trinken. Auf der anderen Seite des Deichs sind Vögel zu hören. In dem Moment kommt mir in den Sinn, dass Ho Daes stets lachendes Gesicht nicht in der Lage ist, etwas zu verbergen.

»Und nachdem Sie die riesigen Ländereien versenkt haben, haben Sie weitergedreht?«, frage ich Ho Dae.

»Nein, habe ich nicht. Wenn es so wäre, wäre ich in Hollywood, statt mit euch hier rumzusitzen.«

»Sie trauern dem sicher nach.«

»Nein. Im Leben gibt es Dinge, die einem gelingen, und Dinge, die einem nicht gelingen. Und es gibt gute und schlechte Zeiten.«

»Welche Zeit haben Sie gerade?«

»Sieht man das nicht?«

Fragend schaue ich ihn an.

»Selbstverständlich die beste meines Lebens.« Ho Dae lacht laut und zeigt dabei seine Zähne.

Nachdem wir drei Flaschen geleert haben, stehen die alten Männer auf. Der Anblick, wie sie sich von ihrem Platz erheben und ihre Sachen in Ordnung bringen, so als hätten sie die richtige Menge für heute intus, sieht sehr entschlossen und vertraut aus. Ich bin so betrunken, dass ich mich an Ho Dae festhalte und darum bettle, sie weiter einladen zu dürfen. Aber Ho Dae klopft mir auf die Schulter: »Du bist ja wirklich stark. Wir alten Knacker können da nicht mithalten.« Ho Samsik fügt lächelnd hinzu, dass heute nicht der letzte Tag sei und noch viele blieben. Man solle sich dieses Gefühl gut einprägen, um auch morgen und übermorgen weiterzutrinken. Anschließend läuft der Makler winkend zu seinem Haus.

Ich begleite Ho Dae in ein ziemlich altes Gebäude, das nicht einmal 50 Meter entfernt steht. Das Erdgeschoss ist eine Gaststätte, und in der ersten und zweiten Etage sind Wohnungen untergebracht. Schon als Ho Dae die Gaststätte betritt, beginnt ihn eine Frau aus der Küche zu beschimpfen.

Ihre Stimme ist so laut, dass ich wie vom Donner gerührt stehen bleibe. Aber Ho Dae schert sich nicht darum, tippt mir auf die Schulter, als wäre nichts, und geht geradewegs die Treppe hoch. Dort öffnet er eine Tür: »Da ist Ihr Zimmer. Ist es nicht schön?«

So wie er es beschrieben hat, bietet das Zimmer viel Platz und ist sehr aufgeräumt. Durch das große Fenster ist das nächtliche Meer zu sehen. In der Mitte steht ein weicher Futon, als hätte er die ganze Zeit auf mich gewartet. Trotzdem fasse ich nach dem Arm von Ho Dae und bitte ihn inständig, dass wir noch ein Gläschen trinken. Für Trinker sei der Abend immer noch zu jung. Er antwortet: »Hey Junge, morgen können wir doch wieder trinken. Was machst du dir für Sorgen? Dass morgen der Alkohol aus der Welt verschwunden ist? Du musst nach einer so langen Reise müde sein. Es reicht für heute. Schlaf jetzt.« Dann torkelt er weiter zu seinem Zimmer.

Ich stehe nun allein im Zimmer, rauche und beobachte durch das Fenster eine ganze Weile die Schiffe auf dem nächtlichen Meer. Der Drang, noch mehr zu trinken, ist nicht auszuhalten. Meine Gedanken kreisen die ganze Zeit um die Frage, ob ich dazu allein rausgehen soll. Aber ich frage mich auch, wo ich noch hingehen könnte an diesem fremden Ort, wo mich keiner kennt, und ich vielleicht Dummheiten mache. Das bereitet mir Sorgen. Ich habe also keine andere Wahl, als mich hinzulegen, nachdem ich auf das Meer schauend noch eine Zigarette geraucht habe. Ohne meine Sachen auszuziehen, krieche ich unter die Bettdecke. Sie riecht wie frisch gewaschen, und sofort wird mir warm. Vielleicht schlafe ich deshalb gleich ein.

Als ich meine Augen öffne, ist es früh am Morgen. Die Dämmerung liegt noch in diesem unvertrauten Zimmer. Das Motorengeräusch der Fischerboote, die nach der Arbeit in den Hafen einfahren, ist durch die Morgenluft zu hören. So früh aufgewacht bin ich nicht, weil das Bett fremd ist oder ich Durst habe. Oder ich pinkeln muss. Ich will weitertrinken. Beißende Unruhe und Furcht haben die Tür zu meinem Inneren geöffnet und von mir Besitz ergriffen. Plötzlich friere ich heftig, und mir zittern die Hände. In Pantoffeln gehe ich eine Etage tiefer in die Gaststätte. An einer Ecke stehen zwei Kühlschränke, in denen die Flaschen wie im Paradies der Reihe nach aufgestellt sind. Ohne jegliche Skrupel greife ich mir eine Flasche Soju, öffne sie und trinke sie in großen Schlucken etwa zur Hälfte leer.

Der Alkohol wird aufgesogen, und mein Körper beruhigt sich etwas. Ich lasse mich auf einen Stuhl fallen. In der Glasscheibe des Kühlschranks ist ein kaputter Mann zu sehen. Seine Haare sind wild zerzaust, die Augen ohne Fokus. Durch den Alkohol ist dein Leben versaut, alles durch den Alkohol. Das haben mir die Leute unzählige Male gesagt. Wahrscheinlich ist es so. Ich habe mein Leben ruiniert. Obwohl es nicht nötig war. Ich hätte etwas Gutes aus meinem Leben machen können. Aber ich wollte es wirklich, unbedingt, zerstören.

Wenn ich es mir so recht überlege, war es seltsam. Eines Tages, ohne irgendeinen triftigen Grund, habe ich plötzlich angefangen, mich maßlos zu besaufen. Natürlich habe ich früher auch gern getrunken und mochte die geselligen Runden. Die unaufdringliche, entspannte Atmosphäre gefiel mir, und ich unterhielt mich sehr gern mit Leuten nach der Arbeit. Trotzdem war ich nie der Typ, der mehr trank als die anderen oder sich besoff. Ich zeigte im Suff auch kein auffälliges Verhaltensmuster. Nach der Arbeit trank ich mit Kollegen Bier und ging dann nach Hause. Ich wusste, wann es Zeit für mich war. Wenn irgendetwas Wichtiges anstand, wusste ich auch, eine Einladung höflich abzusagen. Dann ging ich nach Hause und arbeitete bis spätabends. Aber eines Tages beherrschte der Alkohol mein Leben. Ohne mein Zutun dachte ich ständig an ihn, und sobald ich ihn einmal im Kopf hatte, konnte ich der Versuchung nicht widerstehen. Und wenn er erst einmal hineinfloss, gab es kein Halten mehr. Während mein Leben deswegen unaufhaltsam bergab ging, stellte ich mir wohl tausend Mal die Frage, warum ich das tue. Aber ich konnte beim besten Willen keine Antwort finden.

Nach einer zehnjährigen Tätigkeit auf Honorarbasis hatte ich damals gerade eine feste Anstellung an der Universität bekommen. Ich kaufte eine Wohnung. Es war nur eine kleine am Stadtrand von Seoul, und ich musste die nächsten sieben Jahre den Kredit dafür abbezahlen. Trotzdem war sie meine erste Eigentumswohnung. Ich musste mich nicht mehr nach einer Mietwohnung umsehen und umziehen musste ich auch nie wieder. Davon hatte ich die Nase voll. Außerdem war nun auch Schluss damit, nach den Vorlesungen an meiner weit entfernt liegenden Universität dösend in einem Nachtzug nach Hause zu fahren, wobei mein Honorar allein schon für die Fahrtkosten draufging. Das lohnte sich kaum. Und ich musste auch nicht mehr an den Wochenenden in Lerninstituten Kurse für Abiturienten geben, um etwas dazuzuverdienen. In der Nacht nach dem Umzug in unsere erste Eigentumswohnung feierten meine Frau und ich eine kleine Party. Sie sagte, dass von nun an alles gut laufen werde, und weinte dabei. Die harten Zeiten seien vorbei, und wir müssten nun nur noch leben. Es hätte tatsächlich so kommen können. Wenn wir einfach so weitergelebt hätten, hätten die schönen Tage ununterbrochen andauern können.

Aber dann begann ich mit dem Trinken. Am Anfang war es so, dass ich nach getaner Arbeit am Abend noch etwas trank. Die Menge nahm immer mehr zu, und ich konnte den Drang danach immer weniger unterdrücken. Morgens mixte ich mir Whisky in den Kaffee und nach kurzer Zeit trank ich gar keinen Kaffee mehr. Wenn ich zwischendurch keine Lehrveranstaltung hatte, trank ich in einem Café vor der Universität oder holte aus meiner Tasche meinen Flachmann und nippte auf der Bank vor der Bibliothek oder in einem leeren Hörsaal. Betrunken stand ich vor den Studenten und erzählte Blödsinn. In Meetings stritt ich mich mit Kollegen, nicht selten packte ich sie am Kragen.

Unzählige fragten mich, warum ich so plötzlich zum Alkoholiker geworden war. Sie machten sich Sorgen um mich, gaben mir Ratschläge, erpressten mich, bettelten und flehten mich an. Aber ich trank immer mehr. Ich konnte einfach nicht damit aufhören. Warum ich das tue, fragten andere, und auch ich selbst fragte mich das. Aber sooft ich die Frage auch hörte, ich konnte sie nicht beantworten. Ich mochte den Alkohol einfach. Ich mochte, dass sich der Geruch der Luft änderte, wenn ich trank. Und das Gefühl, dass sich der Körper entspannte, das Selbstbewusstsein aufplatzte, sich Optimismus ausbreitete, dass alles irgendwie gelingen würde. Das alles gefiel mir. Vor allen Dingen liebte ich aber das Gefühl, dem irdischen Leben ein Stück entkommen zu sein, dass meine Seele die Gravitation überwand, frei wurde und sanft emporschwebte.

Und irgendwann hatte das Trinken mit meinem Willen gar nichts mehr zu tun. Sobald ich die Augen öffnete, begann ich, Alkohol in mich hineinzuschütten. Wenn ich einmal damit anfing, musste ich so lange trinken, bis ich ohnmächtig wurde. Wach war ich stets betrunken, sodass ich keinerlei Arbeit mehr nachgehen konnte. Von der Universität bekam ich die indirekte Empfehlung zu kündigen. Zweimal wurde ich wegen meines Alkoholproblems zwangseingewiesen. Es folgten unendliche Reue und zahlreiche Entschlüsse. Aber nichts konnte mich davon abhalten zu trinken. Mein Leben ging schneller in die Brüche, als die Promille in meinen Adern stiegen.

»Wer ist da?«, fragt eine Frau aus der Küche der Gaststätte.

Als ich die klare hohe Frauenstimme höre, erkenne ich sofort, dass es die Frau von Ho Dae ist, die ihren Mann bei unserer Ankunft laut beschimpft hat. Obwohl ein Fremder im Morgengrauen in ihrem Geschäft hockt und Alkohol trinkt, ist in ihrer Stimme nicht die geringste Spur von Angst zu erkennen. Sie scheint hart im Nehmen zu sein, was typisch für Gastwirte ist. Außerdem sieht sie zu jung aus, um Ho Daes Ehefrau zu sein. Er ist Ende fünfzig und sie sieht aus wie Ende dreißig oder Anfang vierzig.

»I... ich bin der, der seit gestern das Zimmer in der oberen Etage gemietet hat«, stottere ich.

»Aha«, sagt sie und nickt. Dann starrt sie ausdruckslos auf die Soju-Flasche in meiner Hand.

»Es tut mir sehr leid, dass ich mir die Flasche einfach,

ohne zu fragen, genommen habe. Ich bezahle sie später«, sage ich zaghaft.

Ohne zu antworten, bringt sie aus der Küche gedämpfte Muscheln und stellt sie auf den Tisch.

»Ich kommentiere nicht, dass Sie trinken, aber in meinem Haus wird nicht auf nüchternen Magen getrunken. Wenn Sie so weitermachen, wird Ihr Körper darunter leiden und auch mein Stolz.«

Sie muss die Muscheln gerade erst gekocht haben, jedenfalls steigt von ihnen noch Dampf auf. Ich bin verwundert über ihre Gastfreundschaft für einen hoffnungslosen Säufer, der in aller Frühe hier heimlich trinkt. Plötzlich spüre ich Respekt gegenüber dieser Frau, die sagt, dass ihr Stolz leidet, wenn jemand bei ihr Alkohol trinkt, ohne etwas dazu zu essen. Sie sieht mich an, als würde sie mich auffordern wollen, zuzulangen. Ich nicke kurz und nehme einen Bissen Muschelfleisch aus der Schale. Es ist warm und weich.

»Man kann sich hier vor Gläsern kaum retten, warum trinken Sie aus der Flasche?«, fragt sie vorwurfsvoll.

Sie holt zwei Gläser aus der Spülmaschine und schenkt mir Soju ein. Auch sie nimmt ein wenig und trinkt es in einem Zug aus. Dann greift auch sie nach einer Muschel und nickt mehrmals, als wolle sie damit sagen, dass sie ihr gut gelungen seien.

»Können Sie einen Lastwagen fahren?«, fragt sie plötzlich.

»Wie bitte?«

»Ich meine, einen Lkw mit Schaltgetriebe, nicht Automatik. Ob Sie so was fahren können.«

»Früher habe ich das mal als Nebenjob für einen Lieferservice gemacht.«

»Das passt ja gut. Könnten Sie mir eventuell helfen?«

»Jetzt? Ich habe doch gerade getrunken.«

»Welcher Polizist wird schon auf dem Land um fünf Uhr morgens eine Alkoholkontrolle machen?«, fragt sie emotionslos.

Bin ich überhaupt fahrtüchtig? Während ich mir skeptisch diese Frage stelle, ist sie bereits vor das Haus gelaufen. Sie klettert in den Lastwagen und lässt ihn an.

»Kommen Sie. Wir haben keine Zeit«, schreit sie von draußen.

Ich stelle mein Glas ab und hetze zu ihr. Noch bevor ich auf dem Beifahrersitz die Tür geschlossen habe, legt sie den Gang ein und fährt los. Sie kann gut fahren. Gekonnt navigiert sie durch die kleine Gasse, an deren beiden Seiten Autos geparkt sind. Und schon sind wir auf dem Uferdamm. Ich habe keine Ahnung, warum sie mich unbedingt mitnehmen will, wenn ich doch getrunken habe und sie so gut fährt.

»Sie können aber gut fahren.«

»Ich bin besser als der Säufer-Angsthase.« Sie feixt.

Der Säufer-Angsthase muss ihr Ehemann Ho Dae sein.

»Was soll ich tun?«, will ich wissen.

»Ach ja, richtig! Beim Fischmarkt kann man nicht gut parken. Die Kerle, die dort wegen der Falschparker Wache schieben, halten sich alle für kleine Könige und machen sich deswegen immer furchtbar wichtig. Aber wenn ich weiter entfernt parke, muss ich die schweren Sachen viel zu weit schleppen. Also warten Sie irgendwo im Wagen, wo es den Parkwächtern nicht auffällt, und wenn ich zurückkomme, holen Sie mich ab. Das kriegen Sie doch hin, oder?«

»Ja.«

»Es tut mir leid, dass ich Sie um so etwas bitte, obwohl wir uns doch heute zum ersten Mal gesehen haben«, sagt sie so fröhlich, als würde es ihr nicht im Geringsten leidtun.

»Kein Problem.«

»Übrigens, Sie haben gestern mit den Typen getrunken, richtig?«

»Wie bitte?«

»Mit meinem Mann und dem Makler Ho Samsik, meine ich.«

»Ja.«

»Wo habt ihr getrunken?«

»Na ja, da drüben, also gleich in der Nähe«, murmele ich.

»Ich werde nicht schimpfen, also seien Sie ehrlich.«

»Nun ja, wir haben in der Nähe ein bisschen getrunken. Wie der Laden hieß, habe ich vergessen. Ach doch! Wir haben in der Kneipe mit dem Zelt am Pier getrunken.«

»Ich will wissen, ob es das Euphoria oder das Sponge war«, schreit sie plötzlich laut und einschüchternd.

»Sponge«, gestehe ich sofort, erschrocken von ihrer Stimme.

»Diese Schlampe vom Sponge. Ich habe sie gewarnt, wenn sie es noch einmal wagt, ihm einen Tropfen Alkohol zu verkaufen, werde ich sie umbringen. Sie hat mir anscheinend nicht zugehört und ihm wieder Schnaps verkauft. Heute mache ich das Miststück kalt.«

Sie flucht, während sie aufgeregt das Lenkrad hin- und herdreht. Der Lastwagen fährt im unruhigen Zickzack auf dem Uferdamm. Ich halte mich am Fenstergriff des Lasters fest und schweige, als hätte ich etwas verbrochen. Nach einer Weile hat sie sich etwas beruhigt: »Wenn Sie im nächsten

Monat weiter bei uns wohnen wollen, dann geben Sie mir die Miete. Nicht diesem alten Trottel.«

»Einverstanden«, antworte ich höflich.

Kaum sind wir angekommen, überlässt sie mir den Lastwagen und verschwindet mit einem Trolley zum Fischmarkt. Noch ist die Sonne nicht aufgegangen, trotzdem stehen dort bereits unzählige Fahrzeuge. Die durchnummerierten Verkäufer versteigern mit kräftiger Stimme Fische und Meeresfrüchte, die die Fischer die ganze Nacht über gefangen haben. Und die Parkwächter spielen sich gegenüber den Lastwagenfahrern am Eingang des Marktes auf, als wären sie die totalen Chefs. Bis zu mir kommen sie aber nicht. Rauchend betrachte ich die vielen Menschen und Laster sowie die Holzkisten voller Fische und Eiswürfel, die unter dem Licht des Marktes einen besonderen Glanz zu haben scheinen.

Nach nicht einmal 20 Minuten taucht die Frau am Eingang des Marktes auf. Ihr Trolley ist nun voll mit verschiedensten Muscheln, getrockneten und frischen Fischen wie Seeteufeln, Kabeljau, Degenfischen, Makrelen und Schollen. Es sind so erstaunlich viele, dass ich kaum glauben kann, dass sie das alles innerhalb so kurzer Zeit gekauft hat. Sie sucht wohl nach mir, jedenfalls schaut sie sich in allen Richtungen um. Schnell fahre ich zum Eingang. Die Wachleute brüllen, dass man da nicht parken darf und ich gefälligst wegfahren solle. Unbeeindruckt rufe ich die Frau, aber wegen des ganzen Lärms scheint sie mich nicht zu hören. Also steige ich aus und renne zu ihr, um dann mit ihr den Trolley zum Laster zu ziehen und die Fische einzuladen. Die Wachleute fluchen, und andauernd sind ihre Trillerpfeifen zu hören. »Diese Typen mit ihren Scheißtrillerpfeifen! Schlimm«, sagt sie lächelnd. Nach dem Aufladen setzt sie sich zügig hinters Steuer und fährt los.

Der Laster verlässt die Hektik des Fischmarkts und erreicht den Uferdamm. Dort beginnt sie, ein Lied zu summen und dazu ihre Schultern leicht hin- und herzubewegen, dann schielt sie kurz zu mir auf den Beifahrersitz.

»Heute war der Markt toll. Die Ware war gut, der Preis in Ordnung.« Sie strahlt richtig, sie muss ihre Fische wirklich zu einem guten Preis bekommen haben. »Die Fische sind gut, die Muscheln auch, ein hübscher junger Mann sitzt neben mir. Heute fühle ich mich super«, sagt sie in dem für sie typischen hohen und lockeren Ton.

Auf einmal schießt es mir durch den Kopf, dass ihre Redeweise der von Ho Dae stark ähnelt. Auch er sagte fast nach jedem Satz, dass er sich heute super fühle. Eheleute gleichen sich einander immer mehr an. Auch ich habe das manchmal gespürt, als ich noch mit meiner Frau zusammenlebte. Das heißt, auch wenn sich die Eheleute spinnefeind sind, werden sie sich merkwürdigerweise immer ähnlicher.

»Sie sind mutiger, als Sie aussehen«, sagt sie.

»Wie bitte?« Ich verstehe nicht, wie sie das meint.

»Sie halten aus, dass diese Typen so laut brüllen und mit ihren Trillerpfeifen lärmen. Mein Mann Ho Dae ist so ein Angsthase, schon beim ersten Pfiff parkt er den Laster ganz weit weg.«

»Ach so, das ist doch aber nichts Besonderes. Früher war ich wirklich gut in solchen Sachen, aber zurzeit kann ich noch nicht einmal das.«

Ich stelle fest, dass das weder Eigenlob noch Jammern ist.

Irgendwie komisch. Aber ich muss schwermütig geklungen haben, jedenfalls sieht sie mich traurig an.

»Wie lange haben Sie vor hierzubleiben?«

»Das weiß ich noch nicht genau.«

»Wie wäre es, wenn Sie mir weiter helfen, solange Sie bei uns wohnen. Wie heute müssten Sie mich nur abholen. Im Gegenzug nehme ich keine Miete. Auch Essen ist gratis und Alkohol, so viel Sie wollen. Sie haben im Lotto gewonnen.«

Nach ihren Worten fühle ich mich, als hätte ich etwas Großes geleistet. Allerdings kann ich nicht sofort antworten und sehe aus dem Fenster. Das Schilf am Ende des Flusses glänzt in der Morgensonne. Plötzlich interessiert es mich, ob das Schilf am Ende des Flusses oder am Eingang des Meeres steht. Ho Dae hatte gesagt, dass diese Flächen dort und die darüber hinaus einst seinem Großvater gehört hätten. Die Grundstücke, die früher in Familienbesitz gewesen sind, haben sie versoffen und gehören nun anderen. Und diese Frau fährt mit ihrem Eintonner an diesen Grundstücken entlang und scheint sich nicht darum zu scheren. Sie sieht schön aus. Auf einmal wird mir klar, warum die Männer über sie sagten, dass sie wie ein Elefant aussähe. Definitiv tut sie das. Oder der Elefant sieht aus wie sie.

»Haben Sie schon mal gehört, dass Sie einem Elefanten gleichen sollen?«

»Wer sagt das denn? Der Kerl namens Ho Dae hat das gesagt, stimmt's? Der Mensch weiß nicht, dass ich nur aus Mitleid mit ihm zusammenlebe, und vergleicht seine schöne Frau mit einem Elefanten? Eine Giraffe ist ja noch okay, aber ein Elefant!«

»Ein Elefant ist doch viel besser als eine Giraffe.«

»Unsinn, die Giraffe ist viel besser. Sie ist hübsch, hat einen langen Hals, schlanke Beine und dazu noch schöne Haut.«

Sie grummelt während der ganzen Fahrt auf dem Uferdamm vor sich hin. Ich murmele wie im Selbstgespräch, dass sowohl Elefanten als auch Giraffen doch hübsche Tiere seien, und sehe dabei aus dem Fenster. Die Morgensonne strahlt mein Gesicht an. Sie blendet mich etwas, der Sonnenschein ist warm und angenehm, sodass mich bald der Schlaf überkommt.

EIN ROMAN ÜBER DEN LUXUS UNSERER ZEIT UND DEN PREIS, DEN DIE GESELLSCHAFT DAFÜR ZAHLT

»In *Vertraute Welt* verwendet Südkoreas bekanntester Schriftsteller sowohl Abfall als auch mythische Gestalten, um den sozialen und emotionalen Preis offenzulegen, den eine Wegwerfgesellschaft zahlen muss.«

South China Morning Post

www.europa-verlag.com

EINE BEZAUBERNDE NOVELLE ÜBER DIE VERSÄUMNISSE DES LEBENS

ISBN 978-3-95890-305-0 • gebunden mit Schutzumschlag • ca. 224 Seiten

»Hwang Sok-yong ist ein meisterhafter Geschichtenerzähler ... sein knapper Schreibstil rüttelt auf.«

Asymptote Journal

EUROPAVERLAG